時効犯

翔田 寛

角川文庫
23217

目次

第一章

一

校舎から出た途端に、溝田真輝子《みぞたまきこ》は日差しの眩《まぶ》しさに思わず目を眇《すが》めた。

上空に、純白の雲が立ち上っている。

六月五日だというのに、盛夏を思わせる蒸し暑さだ。

つかの間、冷房の効いた階段状の大教室や、たったいままで講義していた《日本美術史A》の授業の光景が、瞼《まぶた》の裏に甦《よみがえ》る。教室正面の斜め前に吊《つ》り下げられた巨大スクリーンに、奇怪な油絵が大写しになっている。地面から茶色い泥の塊のようなものが盛り上がり、そこに大きな眼が一つだけ描き込まれている。その不気味な眼は地面の上の、わずかに濁った青空を恨めしげに見上げているのだ。日本を代表するシュルレアリスム画家、靉光《あいみつ》の代表作《眼のある風景》だった。

はっと思いなおして、余計な思念を振り払うと、真輝子は教員室のある別棟へ駆け込み、受け付けの女性職員に視聴覚機器のコントロール・キーを返却して、講義ノートとノートパソコンが入った黒いキャリングバッグを抱えたまま建物の玄関へ走った。京葉《けいよう》線の最寄り駅までの教員専用バスに、乗り遅れるわけにはいかない。一台逃してしまうと、次のバスが来るまでに十五分ほども待たされる。いつもは、ほかの大学の非常勤の講義に間に合わなくなるから足を速めるのだが、今日は、それとは別の理由から気が急《せ》いていた。

彼女は生成りの白いコットンの半袖《はんそで》シャツに、ハイライズのジーンズというなりで、歳よりも若く見られがちだ。だが、モスグリーンのパンプス、色を抑え気味の赤いリップグロス、ショートヘアのせいで目立つシルバーのイヤリング、それに胸元のグッドラックチャームの付いた金のネックレスのおかげで、さすがに女子大生には見間違えられない。本音を言えば、ネイルもしたいところだが、研究のための調査時に美術品を取り扱うので、爪を短くしており、ファッション・リングも嵌《は》めていない。

校舎正面には、教員たちの列ができていた。

彼女もその最後尾に並ぶ。

やがて、小型バスが来て、人々が順序正しく乗り込んでゆく。

「よろしくお願いします」

ほかの教員たちと同じように、真輝子も制服姿の運転手に挨拶《あいさつ》の声を掛けると、バスの中ほどの座席に座り込んだ。

「おや、溝田先生、お久しぶり」

窓際の席に先に腰を下ろしていた人物が、彼女に顔を向けて言った。文学部の二宮《にのみや》正晴《まさはる》教授だった。日本近代文学史が専門で、夏目《なつめ》漱石《そうせき》や森鷗外《もりおうがい》などをライフ・ワークにしている。極細のストライプの入ったブルーのワイシャツに、濃紺のブレザー、ツータックの濃茶色のズボン、足元はコンビのウイング・チップの革靴、ネクタイは赤地に黄色いペンギン柄という派手ななりだ。ワイシャツの袖口で、ゴールドのカフスボタンが光っている。

「先生はいつものことながら、ご活躍のようですな」

バスの発進と同時に、二宮が澄まし顔で言った。

「いいえ、とんでもありません。二宮先生こそ、県立文学館でまた講演会をなさったそうじゃないですか」

笑みを返して、真輝子は言った。

「ああ、あれはたいしたことはありませんよ」

活躍という言葉は、大学教員同士の挨拶代わりの決まり文句みたいなもので、さして意味はない。しかも、五十代後半ののっぺりとした顔の二宮の口ぶりには、三十歳の非常勤講師である真輝子を侮るような響きが、かすかに滲《にじ》んでいた。

大学教員という種族は、出身大学自慢から始まり、各種の学術賞の受賞歴や単著の出版件数、公的機関の委員就任の有無や役職数など、あらゆることを自慢したがるのだ。研究室の一番目につく場所に、学術賞の賞状を額装して麗々しく飾るというのはまだ可愛い方で、自分の受賞を大学内の連絡用メールで一斉送信した《恥知らず》な猛者さえいる。言い替えれば、誰よりも自分が偉いと思われたくて仕方がないのだ。

年齢が上の者が若手教員を、専任講師が非常勤講師を、上から目線で見る態度を隠そうとしないのも、第二の本能と言えるかもしれない。

見慣れた車窓の風景にときおり目を向けたまま、二宮と四方山話《よもやまばなし》を続けているうちに、真輝子たちのバスが駅前に到着した。

「ありがとうございました」

運転手にお礼の言葉をかけて、真輝子はバスから降りた。

「溝田先生、それじゃ、講義を頑張ってくださいよ」

駅頭での別れ際、二宮が余裕に満ちた顔つきで言った。やっぱり、彼女が別の大学の非常勤の講義に駆けつけるために、あくせくしていると思っている。

「二宮先生、失礼します」

素知らぬ顔つきで言いながら、彼女は胸の裡《うち》で思い切り舌を出す。

毎週金曜日、真輝子は船橋《ふなばし》市内の老健施設で暮らす母親を見舞うことにしている。それに、非常勤講師の慌ただしい日々も、あと少しだけの辛抱なのだ。来年の四月から、念願だった専任講師になれることが決まったのである。しかも、たったいま講義をしてきた大学——嫌味な二宮が勤めているあそこより、偏差値がうんと上位にある大学なのよ。口元が自然と綻《ほころ》ぶのを、彼女は意識する。

弾むような気持ちで改札を通り、ホームへ向かった。

だが、上り線のホームへ出たところで、ふいに嫌なことを思い出してしまった。

ふた月ほど前、通勤のために朝のラッシュアワーのJR船橋駅のホームに立っていたとき、心底からヒヤリとする思いを味わったのである。

真輝子は、ホームの後方で電車が来るのを待つことにした。

船橋市内にある自宅マンション前に、真輝子が立ったのは午後五時半過ぎだった。すぐに階段を駆け上がった。マンションのエレベータは、一昨日《おととい》からの定期点検のせいで使用できない。そのうえ、マンションの外壁塗装のための大規模修繕中で、建物全体が濃い灰色の養生シートで覆われている。

しかし、そんな面倒や鬱陶《うっとう》しさも、いまは少しも苦に感じられなかった。五階の部屋の錠を開けると、薄暗い玄関の中へ飛び込んだ。老健施設の面会時間は、午後八時までと決まっているので、のんびりしているわけにはいかない。

それでも、黄色い西日の差し込む部屋を、思わず見回さずにはいられなかった。数えきれないほどの書籍に占領された、古くて狭い2DK。来年の四月になる前に、ここを引き払って、都内の本務校の近くに、もっと広くて綺麗《きれい》なマンションを借りよう。いっそのこと、家具を残らず新調してもいいかもしれない。ここには、あまりいい思い出が残っていない。それでも、来年の春から、すべてが新しくなる。浮き立つような思いを感じて、真輝子は胸いっぱいに息を吸い込んだ。

それから、白いTシャツとグレーのジャージに着替えて、素足のまま狭いキッチンに立つと、ホーロー鍋《なべ》でオートミール粥《がゆ》を作り始めた。健康とダイエットのために、オートミールを常食している。老健施設から戻ったら、記念講演会の発表原稿の推敲《すいこう》に忙殺されるだろうから、早目の夕食を摂《と》っておくことにしたのである。

そうだ、次の記念講演会は、絶対に大きな評判を呼ぶに決まっている。あの研究成果は、美術史の専門家以外の人たちにも衝撃を与えるはずだ。キッチンに置かれた白いテーブルで、オートミール粥を口に運びながら、真輝子は確信する。

風が吹くとか、潮目が変わるとか、そんな言葉を聞いたことなら、もちろんある。けれど、これまでの人生で、そんな幸運は自分とは無縁だった。しかし、いま自分は、まさにその場面を迎えようとしているのかもしれない。専任講師になれるだけではなく、研究者として、一頭地を抜くポジションに昇ろうとしている。抑えきれない喜びと興奮で、彼女はまたしても胸が一杯になる。

夕食を終えると、急いで赤いポロシャツにデニムのスキニーに着替えた。歯を磨き、素早く化粧を整えると、エルメスのハンドバッグと車のキーを手にして玄関を出た。

錠を掛けると、マンション内の通路をエレベータのある側とは反対へと足を向けた。裏手の駐車場へ行くためには、非常階段を下りた方がずっと便利なのだ。

非常口の鉄扉のノブをひねって、ドアを開けた。

ドアを閉めようとして、目の前の光景に目を奪われる。

非常階段の正面だけは養生シートに覆われておらず、船橋の町並みが一望できるのだ。

一昨日と同じように、思わず手摺《てすり》に歩み寄った。

空が朱に染まっていた。

見慣れた光景が、いつになく麗しいものとして目に映る。

真輝子が背後のかすかな物音に気付いたのは、そのときだった。


午後六時半過ぎ。

明智《あけち》俊彦《としひこ》は四階の自宅の部屋を出ると、マンション内の通路を非常階段側の鉄扉へ向かった。

やがて鉄扉を開けると、スチール製の踊り場へ出て、米津玄師《よねづけんし》の《馬と鹿》を口ずさみながら、足音を響かせてゆっくりと非常階段を降り始めた。

階段の格子越しに、眼下を見やる。

自動点灯した街灯の銀色の光が目に映る。

辺りは薄暗くなり始めている。

ほどなく、日も暮れるだろう。

一階まで降りると、彼は駐車場に停められた黒いトヨタ・アルファードに近づいた。

駅前のコンビニに缶ビールとスナック菓子、それに漫画雑誌を買いに行くだけなのだが、半月前に納車されたばかりのこの新車に乗るのが、いまは楽しくてたまらない。

ドスン、というもの凄《すご》い音が背後で響き渡ったのは、運転席のドアを開けようとした刹那《せつな》だった。

驚いて振り返ると、五メートルと離れていない非常階段前のコンクリートの陰った地面に、女性がうつぶせに倒れていた。

咄嗟《とっさ》に顔を背けたものの、目にした光景が瞼《まぶた》の裏に焼き付いてしまっていた。

短髪の頭部が割れて、コンクリートに黒く見える血が広がっていたのだ。

はっと気が付き、明智はジーンズのポケットからスマホを取り出し、もどかしい思いで一一〇番を押そうとした。

手指がひどく震えて、うまく押せない。

早鐘のような鼓動と、息苦しさも感じる。

ようやくスマホを耳に当てたまま、背後の薄暗くなりかけた非常階段を見上げたのは、まったく無意識からの動きだった。

その瞬間、呼び出し音が途切れて、携帯電話から男性の声が響いた。

《はい、一一〇番、千葉県警察です。事件ですか、事故ですか――》

「人が階段から落ちたんです。は、早く来てください――」

どう説明していいかまったく分からず、スマホを握りしめたまま、明智は思わず大声で叫んでいた。

そのときになって、衝撃的な事実にも思い当たる。

ほんの少しタイミングがずれていたら、この女の人に直撃されて、自分も死んでいたかもしれない――

二

マンション六階のリビングに、沈黙が落ちていた。

船橋警察署の刑事課主任、香山亮介《こうやまりようすけ》巡査部長は、ソファでひとり娘の初美《はつみ》と長身の男性と向き合っている。

青年は濃紺のスーツ姿で、紅色のネクタイを結んでいた。身長は一メートル八十近いだろう。目鼻立ちの整った顔で、色が浅黒い。その隣に、ほっそりとした体つきの、色白の初美が上気した顔で恥じらうように座っている。こちらは、淡いクリーム色のスーツ姿である。

彼女から電話が掛かってきたのは、二十日ほど前のことだ。電話の内容は、結婚を前提に付き合っている男性に、会ってほしいというものだった。

大学を卒業して、千葉駅近くの旅行代理店に勤めている初美も、そろそろいい年頃だなと漠然と考えてはいたものの、その連絡を受けて、香山は少なからぬショックを受けた。同時に、来るべきものが来た、という気持ちもあった。

その後、警察からの仕事帰りに、香山は初美と久しぶりに待ち合わせして、千葉駅近くのイタリアン・レストランで食事をした。そのときは、付き合っている男性については出ず、《お父さんも、これからはスマホを使いこなせなくちゃだめよ》と言われて、赤ワインでほろ酔いの食後、最寄りの家電量販店でスマホを購入したのである。いまでは、かなり使いこなせるようになっていた。

そして今日、彼は何年かぶりで、午後五時に船橋署を早退して、京成八幡《けいせいやわた》駅から徒歩で二十分ほどの自宅へ帰宅したのである。

青年は、初美とともに午後六時過ぎにこのマンションを訪れた。玄関に足を踏み入れた青年は、その場で深々と頭を下げると、「今西浩二《いまにしこうじ》と申します」と名乗った。そして、香山に促されてリビングのソファに腰を下ろしたところである。

香山は一つ咳払《せきばら》いすると、口を開いた。

「今西くんは、何歳ですか」

「二十八歳になります」

今西が緊張していることは、顔を見れば一目瞭然《りょうぜん》だ。

「お仕事は？」

「旅行代理店に勤めています。県内の大学卒業後、いまの会社に就職しました。ここ二年ほどは、初美さんと同じ千葉支店勤務です」

香山はうなずき、相手の言葉を待った。その顔に、切羽詰まった表情が浮かんだからである。

「お嬢さんの初美さんを、私にください。どうか、結婚をお許しください」

一気に言い、今西が紅潮させた顔を再び深々と下げた。

隣の席で、初美もかすかに頭を下げる。

つかの間、リビングに再び沈黙が落ちた。

香山は娘の顔をさりげなく見やる。十年余り前、妻の朱美《あけみ》が乳癌に罹《かか》り、長い闘病生活の末に亡くなった。警察勤めで独り娘の面倒を見られなかった香山は、初美を説得して、妹の富田《とみた》幸子《さちこ》夫婦の養女にした。

あの頃、この子はまだ小学四年生の小柄な少女だった。それが、いまはすっかり大人の女性になっている。朱美に似た瓜実顔《うりざねがお》。黒目がちの細い目と細い眉《まゆ》。中高の鼻筋や形のいい唇も、妻に似てきた。違うのは、母親が肩にかかる長い髪形だったのに対して、初美は栗色に染めたボブのヘアスタイルという点である。

彼は、おもむろに口を開いた。

「初美は、どう思っているんだ」

「えぇっ、お父さん、私まで何か言わなければいけないものなの」

含羞《がんしゅう》の交じった笑みを浮かべて、初美が嬉《うれ》しそうな声を張り上げた。

香山は胸一杯に息を吸い込み、ゆっくりと吐く。彼女が気に入った相手なら、間違いないだろう。

「今西くん、初美から聞いていると思うが、警察の仕事に追われて、私は娘に寂しい思いばかりさせてしまった。だから、君はいつもそばにいてやってほしい」

わずかに頭を下げた香山の言葉に、今西の顔が再び真っ赤になった。

「ありがとうございます」

「お父さん――」

　初美の瞳《ひとみ》が、初めてかすかに潤んだ。

「さあ、お祝いにビールでも飲もうか。その後、三人で近くのレストランへ行って、晩飯を食おう。初美の大好きなイタリアンにしようか」

　込み上げてきた思いを誤魔化すように笑いながら言い、香山が立ちあがろうとした矢先、ポケットのスマホが鳴った。ポケットから取り出すと、着信画面に同僚の《立《たち》川守男《かわもりお》》の名が明示されていた。

「すまん、署から電話が入った」

　彼は、通話に切り替えたスマホを耳に当てた。

「香山だ」

《主任、現場に向かってください》

　スマホから立川の声が響いた。

「何が起きた」

《市内のマンションの非常階段から、女性が墜落しました。通報によれば、すでに亡くなっているものと思われます――》

　香山がスマホを握り締めると、声が続いた。

《――県警本部の通信指令室が通報を受けたのが三分前。すぐさま最寄りの交番から

警官を向かわせたとのことです。船橋署にも、ただちに対応するようにと指令が入りました。現場の住所は――》

「分かった。すぐに行く」

言うと、香山は通話を切り、今西と初美に顔を向けた。

「すまない、急ぎの用件が入ってしまった。今西くん、会食はまた別に機会にさせてくれ」

その言葉に、初美が顔つきを一変させた。

「お父さん、こんな大事なときにまで、仕事に行っちゃうの」

聞いたこともないほど厳しい口調で、彼女が叫んだ。

「警察官の仕事というものは、いつも突発的にやってくるんだ。しかも、後回しというわけにもいかない」

言いながら、たったいま今西に頼んだ言葉を咄嗟《とっさ》に思い返して、忸怩《じくじ》たる思いを禁じえなかった。

「いつも、それればっかりだったじゃない。私、これまでずっと我慢して来たのよ」

涙ぐんでいる初美を前にして、香山には、それ以上の言葉が見つからなかった。

その場の気まずい空気を何とかしなければと思ったのだろう。今西がソファから素早く立ち上がり、深々と頭を下げた。

「今日は、本当にありがとうございました」


午後七時十三分。

香山はタクシーから降りた。

立川からの電話を受けて、着の身着のままで自宅を飛び出し、国道一四号線でタクシーを拾ったのである。彼は白のボタンダウンのシャツにベージュの麻のジャケット、下は濃い灰色のチノパン、足元は黒い革靴というなりである。

タクシーが走り去る間際、座席の窓ガラスに映った、自分の顔が目に留まる。四十代半ばの面長の顔、鬢《びん》にわずかに白いものの交じったやや長めの髪、細く高い鼻梁《びりょう》と一重の目。喜怒哀楽をめったに表に出さないことから、高校時代の友人たちは、香山を《埴輪《はにわ》の兵士》と綽名《あだな》したものだった。しかし、今日ばかりは、ひどく後味の悪い思いを嚙《か》み締めている顔つきだった。

別れ際、唇を真一文字にして目を背けていた初美と、困惑気味の顔つきの今西が、瞼《まぶた》の裏から消えなかった。母親の朱美の看病のときを含めて、子供の頃から、彼女がずっと自分というものを押し殺して耐えてきたことは、十分に分かっている。今日、初めて気持ちを爆発させたのは、よほど切羽詰まった思いだったのだろう。

そう思うと、初美が不憫《ふびん》でならない。すぐに、娘に詫《わ》びたい気持ちだった。ジャケットの内ポケットに入れたスマホの重みも感じていた。スマホケースの内側には、写真が入っているのだ。香山と朱美、それに小学生の初美と三人で撮った家族写真である。

だが、いまの自分に、それは許されない。突発事態が起きたからには、刑事の役目に徹しなければならないのだ。

思い直して、香山は暗い周囲を見回した。

現場は、船橋市内のマンション裏手の駐車場だった。その駐車場の入口に、黄色い規制線が張られており、現場保存が図られていた。路上に赤色警光灯を回転させた二台のパトカーと、ヘッドライトを灯《とも》した覆面パトカーも停まっている。反対側の歩道に、二十人ほどの野次馬たちが集まっていた。

黄色いテープの前に、二名の制服警官が立っている。奥にある建物の非常階段前が、ブルーシートで周囲を覆われていた。

香山はポケットから取り出した《捜査》の腕章に腕を通し、安全ピンでジャケットの左袖《ひだりそで》に留める。白い手袋を嵌《は》めて規制線に近づきながら、あたりに目を配った。

駐車場はテニスコートよりやや広いくらいで、普通乗用車やバン、ＳＵＶなどが停められていた。駐車場左手に、マンションの高い建物が屹立《きつりつ》している。東側に面した部分が五十メートルほどもあり、南北はその半分ほどの幅で、横長の建物だった。街灯に照らされた建物全体が、黒っぽく見える養生シートで覆われており、さながらマントをまとった巨人を連想させた。

制服警官たちの敬礼に無言でうなずき返すと、彼は規制線を潜《くぐ》った。

そのとき、現場をぐるりと覆っているブルーシートを捲《まく》り上げて、三宅義邦《みやけよしくに》巡査長と増岡美佐《ますおかみさ》巡査が姿を現した。

三宅は相撲取りなみの巨漢で、四十代半ば。もじゃもじゃの頭髪に、痘痕《あばた》の目立つ熊顔だ。四角い黒縁眼鏡を掛けており、黒に近い濃紺の背広姿である。

増岡は小柄で艶《つや》のある短髪で、目鼻立ちの整った顔をしている。二重のつぶらな目。細い鼻梁。形のいい唇。藍色《あいいろ》のサマージャケットに、下はジーンズ、足元は白いスニーカーというなりである。

「主任、被害者の女性は即死のようです。通報にあった通り、墜落死ですね」

渋い顔つきで、三宅が痰《たん》の絡んだような野太い声で言った。

隣に、青ざめた顔色の増岡が立っている。職業柄、刑事は遺体と接することが少なくない。とはいえ、墜落死による人体の損傷は特に著しく、堅いコンクリートの地面に叩《たた》きつけられれば、全身の骨折、臓器の破裂、血管の断裂を生ずる。直視に堪えない状態と言わざるを得ない場合も珍しくない。まだ経験の浅い彼女が、嘔吐《えず》きそうなのを堪《こら》えていることは明らかだった。

た。

香山の言葉に、三宅が「さあ、どうでしょう——」と首を小さく傾げ、言葉を続けた。

「——署から覆面パトカーでここへ駆けつけて来たとき、先に到着していた交番の警官によって、現場保存が図られていました。被害者の状況を確認した後、増岡に署に連絡を入れさせて、私はマンション内と周辺をすぐに見て回りました。不審な人間は見当たりませんでした。一階の管理人室横の掲示板に、エレベータの定期点検のスケジュールが貼り出してありました。そのせいで、こっちまで階段を上らなければならず、相当なダイエットになりましたよ」

「非常階段の鉄扉の錠は、どうだった」

「すべての階の錠が掛かっていました」

「屋上階も確認したんだな」

「はい、人っ子ひとりいません。屋上階に出る扉も、錠が掛かっているのを確認しました。——念のため、応援に駆けつけてきていた警官の一人に、いま周囲五十メートルほどの範囲を自転車で巡回させています」

「遺体の身元は？」

「被害者のそばに落ちていたハンドバッグの中にあった免許証から、身元が判明しました。氏名は溝田真輝子。年齢は三十歳。現住所は、千葉県船橋市海神《かいじん》二――のこのマンションの五階となっています」

「職業は？」

「ハンドバッグから、名刺入れも見つかりました。その名刺には、複数の大学の非常勤講師と記されています」

「大学の非常勤講師か――」

「ええ、肩書は美術史担当となっています。――主任、美術史ってものが、どんな学問か知っていますか」

戸惑うような顔つきになり、三宅が逆に質問した。

「ああ、なんとなくだが……。美術作品や芸術家について、歴史的な観点から研究する学問だったと思う。――そのほかに、遺留品は？」

「いまのところは何も。ただし、遺体のそばに革製のキーホルダーのついた車のキーと、ハンドバッグの中に手帳とスマホが入っていました」

「よし、それらの内容確認はとりあえず鑑識に任せて、二人は第一発見者から聞き取りをしてくれ。被害者が落下したときの様子、周囲の状況、被害者との関係、どんな些《さ》細《さい》な点も聞き漏らすな」

「了解しました」

「はい」

三宅と増岡が声を揃えて言い、その場を離れた。

その後ろ姿を見届けた後、香山がブルーシートをまくり上げて中へ入ると、遺体のそばにブルーの制服姿の三名の鑑識課員たちとともに、刑事課の係長、米良恭三《めらきょうぞう》警部補と、立川守男巡査部長が屈《かが》み込んでいた。傍らに投光器が置かれていて、眩《まぶ》しいほどの光が遺体を照らしている。

鑑識課員たちは遺体を調べたり、ストロボを焚《た》いたりして撮影に余念がない。この後、遺体の周囲のコンクリート地面に這《は》いつくばって、毛髪や唾液《だえき》などの微物の検出に取り掛かることになるだろう。

米良は五十代半ば、胡麻塩《ごましお》の刈り込んだ短い髪型で、二重の丸い目と厚い唇、小鼻の広がった色黒の顔をしている。立川は三十過ぎで、長身で薄い顔立ちだ。どちらも地味なスーツ姿だった。両者とも二の腕に、《捜査》の腕章をしている。

香山は二人の傍らに近づき、しゃがみ込むと、遺体に向かって合掌してから、米良に声を掛けた。

「どんな具合ですか」

「非常階段から、真っ逆さまに落ちたらしい」

米良が視線を逸《そ》らすようにして、被害者を顎《あご》でしゃくった。

香山はハンカチを口に当てて、遺体を覗《のぞ》き込む。

頭頂部が割れており、コンクリートの地面に大量の血が流れていた。赤いポロシャツにデニムのスキニー姿で、スニーカーの片方が脱げた右足は裸足《はだし》だった。墜落の衝撃で両腕も無残に折れており、糸の切れた操り人形の腕のように、体の両側に沿うように投げ出されている。

女性にしては、かなり上背がある。目を瞑《つぶ》った横顔が、眠るように穏やかな顔つきであることだけが、かすかな救いに思われた。遺体のそばに、エルメスのハンドバッグが落ちていた。

香山は、米良に言った。

「裁判所に人を走らせましたか」

米良が、かぶりを振る。

「俺たちも、たったいま来たところだ」

彼は、立川に顔を向けた。

「署に連絡して、念のために、刑事課長に《捜索差押許可状》を裁判所から取るように頼んでくれ」

《捜索差押許可状》とは、被害者宅を家宅捜索して、何らかの不審事態と関連する可能性のある物品を差押えする許可書である。

「了解しました」

立川がほっとした顔つきで立ち上がり、ブルーシートをまくり上げて出て行った。

やがて、刑事課の捜査員たちが五月雨《さみだれ》式に集まって来た。入れ代わり立ち代わり被害者の遺体の状況を確認してゆく。

それが済むと、ブルーシートから出ていた香山は、駐車場に居並んだ捜査員たちを見回した。

「いまのところ、事件性の有無の判断はついていない。しかし、念のため、マンションの各戸と周辺を区割りして、《地取り》に当たってもらいたい。一組は、マンション及び周辺の防犯カメラの録画映像を細かく確認してくれ。不審人物、不審車両、争う声や悲鳴、不審物、そのほか、どんな些細な異常事も聞き漏らすな。防犯カメラ組は、今日一日だけでなく、とりあえず二、三日前まで遡《さかのぼ》って録画映像を確認してくれ」

「了解」

「はい」

「承知しました」

捜査員たちの声が揃った。

最寄りの交番の警官が持参した地域の地図とテレビ番組欄のコピーを、香山はそれぞれの組に配布してゆく。

テレビ番組欄は、聞き込みの相手に、テレビで見ていた番組を尋ねることで、変事や叫び声などに気が付いた時間帯を特定するためと、記憶を喚起する材料に使うのである。

担当地区を割り当てると、捜査員たちは二人一組となり、すぐに獲物の匂いを追う猟犬のように夜道に散って行った。

《地取り》は、事件発生後、可及的速やかに始めなくてはならないし、受け持ち地域の住宅、店舗、事業所、学校などのすべての人間から話を聞くことになる。

三

香山は自分が受け持つマンション住人への聞き込みの前に、非常階段を上ることにした。鑑識課員たちが遺体に掛かりきっている間に、被害者が墜落した地点を自分の目で確かめておきたかった。

一階の非常階段の入口には、錠の付いたゲートはなかった。いまどきのマンションにしては、不用心と言わざるを得ないだろう。

黒いペンキの塗られたスチール製の階段に、足音が大きく響きわたる。非常階段は、螺旋《らせん》ではなくつづら折り式に上へ続いていた。階段の左右は養生シートで覆われているものの、駐車場側に面した北側のみが開けた状態になっている。

被害者の溝田真輝子の部屋は、五階だという。とすれば、彼女が落ちた地点は、五階の踊り場という可能性が高いだろう。各階の踊り場の正面には、大人の腰よりもやや高い位置にスチール製の手摺《てすり》が取り付けられていた。各階の非常口の鉄扉の上に、小さなLEDの照明が灯《とも》っていた。

五階の踊り場に辿《たど》り着いた香山は、周囲を子細に観察した。

北側の手摺にも踊り場自体にも、異常は認められないし、遺留品も見当たらない。

生暖かい夜風に吹かれて、香山は非常階段の正面を見つめる。

暗い夜空を背景に、色とりどりの光の点に溢《あふ》れた夜景が広がっていた。

手摺から顔を出し、真下を覗き込んでみる。

遥か下方に、ブルーシートに被《おお》われて、投光器に照らされた遺体がまだ横たわっていた。

手摺から離れて、香山は鉄扉に近づく。

手袋をした手で、鉄扉のドアノブに手を伸ばす。

三宅が報告した通り、錠が掛かっていてノブは動かなかった。

「吃驚《びっくり》しました。いきなり人が降って来たんですから――」

パトカーの後部シートで、明智俊彦が言った。

「被害者が非常階段から墜落したのは、具体的には何時のことだったんだ」

その隣に座している三宅が、大きな鼻の頭を掻《か》きながら、ぞんざいな口調で訊《き》いた。

助手席から後部座席を振り返っている増岡は、通報者をじっと見つめる。

明智は、小太りで丸顔、目鼻立ちも丸く、唇がやや厚い童顔だ。グリーンとブルーのボーダー柄のラガーシャツにジーンズというなりで、足元は赤色のスニーカーだった。顔色は青ざめているものの、額にうっすらと汗が滲《にじ》んでいた。口を半開きにして、口呼吸を繰り返している。二十代半ばくらいで、たぶん会社員だろう。

この若者が受けた驚きと衝撃は、彼女にも十分に想像できた。遺体の無残な様子が、自分自身の脳裏からも消えていない。そのうえ、被害者が同い歳と知り、他人事《ひとごと》のようには感じられなかった。

小学生の頃、同じクラスの貧しい家庭の女の子が、同級生たちから虐《いじ》めに遭ったことがあった。そのとき、あまりのひどい嫌がらせを見かねて、増岡はその同級生たちを注意した。すると、次の日から、標的が自分に代わったのである。そのときの痛みまでが、胸の裡《うち》にかすかに甦《よみがえ》ってくる。あの頃から、人よりも共感性の強い人間なのだと自覚している。しかし、それを差し引いても、溝田真輝子の身に起きたことは、あまりにも惨《むご》い。整った顔立ちの彼女の死に顔が、瞼《まぶた》の裏に貼り付いている。

「たぶん、午後六時半頃だったと思います。マンションの四階にある自分の部屋を出たのが、六時二十分頃でしたから」

明智の返答の言葉で、増岡の思念が途切れた。

「部屋を出てから、どうやって駐車場へ向かったんだよ」

手元の煙草の袋を破いた紙に、その言葉をメモしながら、三宅が質問を続けた。

明智は大きく息を吸うと、口を開いた。

「マンションは一昨日《おととい》から、エレベータの定期点検が行われていて、住人は表階段を利用しています。でも、僕を含めて、駐車場に車を停めている人たちは面倒なので、たいてい非常階段を使っていたんです。それで駐車場に出て、車に近づいたら——」

そこまで言うと、彼は躊躇《ためら》うように言葉を呑《の》み込んでしまった。

「車で、出かけるつもりだったのか」

「ええ、近くのコンビニに買い物に行くつもりでした」

「あんたの部屋は、何階の何号室だ」

「四階の四〇一号室です」

「独身？」

かすかに疑いの籠《こも》るような上目遣いになり、三宅が訊く。

「ええ、そうですけど」

「なるほど。ちなみに、被害者のことを知っていたのか。名前とか、仕事とか」

「いいえ、個人的には何も知りませんよ。──だけど、何度かエレベータで乗り合わせたり、駐車場で見かけたりしたことくらいならありますけど」

自分が疑われていると感じたらしく、言い訳するような口調だった。

「駐車場？　彼女も車を停めていたってことか」

「ええ、確か、赤いフィットに乗っていたと思います」

三宅が、増岡に素早く目を向けた。被害者も駐車場へ向かうために、非常階段を使おうとしたのかもしれないぞ、という目顔だった。

「それで、墜落した女性を目にして、何か気になる点を感じなかったか。あるいは、落下前に悲鳴とか、人が争うような物音を耳にしなかったか」

墜落の原因の決め手になる物証は、何も見つかってはいない。現段階では、事故、自殺、他殺、そのいずれの可能性もある。

明智は考え込んだものの、顔を上げた。

「いいえ、悲鳴も物音も聞きませんでした──」

言いかけたものの、明智がふいに虚空に視線を向け、口が半開きになった。

「おい、どうしたんだよ」

不審を抱いたのか、三宅がそう言うと、明智がゆっくりと顔を向けた。

「いま、ちょっと思い出したことがあるんですけど」

「何を思い出したんだ」

「携帯電話で警察に通報しようとしたとき、手が震えて、うまく番号が押せなかったんです。それでも、やっと呼び出し音が鳴ったんで、何気なく非常階段を見上げたら、階段の踊り場に人影が見えたんです」

車内に、沈黙が落ちた。

口を開けたまま、これ以上なく大きく見開いた三宅の目と、増岡の視線がぶつかる。

次の瞬間、三宅が質問を並べ立てた。

「それは、いったいどんな人影だったんだよ。男だったのか、それとも女か、年齢や服装は？」

明智が驚いたように顎《あご》を引き、激しくかぶりを振った。

「分かりませんよ。ほんの一瞬見ただけですから。通報することに気を取られていて、こっちはそれどころじゃありませんでした」

「どうして、肝心なところを見ていないんだ。目の前で、人が墜落するっていう大変な事態が起きたんだぞ」

「気が動顚《どうてん》していて、咄嗟《とっさ》に何をしていいか分からなかったんですよ」

三宅は悔しそうに顔を歪《ゆが》めると、苛立《いらだ》ったように続けた。

「それなら、その人影らしいものは、何階の踊り場にいたか覚えていないか。大事なことなんだ、よく思い出してくれ」

言われて、明智は考え込んだものの、やがて顔を上げた。

「たぶん、五階だったんじゃないかな」

三宅が驚いたように黙り込んだ。

そのタイミングで、増岡は座席シートの間から素早く身を乗り出して言った。

「あなたは、それから警察官が駆け付けてくるまでの間、ずっとあの駐車場にいたんですよね」

「ええ、通報に出た警察の人から、最寄りの交番から警官を差し向けるので、現場に留《とど》まっていてほしいとか、現場に絶対に触れないでほしいとか、そんな注意を受けたから、自分の車のそばで警官が来るのを待っていました」

「警官が駆けつけてくるまでに、非常階段から誰か降りて来ませんでしたか」

「いいえ、誰も降りてきませんでしたけど」

きょとんとした顔つきで、明智がかぶりを振る。

増岡は、またしても三宅と顔を見合わせてしまった。

「墜落死ですか——」

玄関ドアの隙間から顔を覗《のぞ》かせた若い女性が、眉根《まゆね》を寄せて言った。

「ええ。といっても、亡くなられた方が非常階段から落ちた原因は、いまのところ分かっていません」

香山は言った。一時間ほど前にマンション裏手の階段から五階の住人が墜落死したという事実を告げて、その捜査をしていると説明したところだった。マンション住人への聞き込みは、彼女で三人目だ。場所は、五階にある溝田真輝子の部屋の右隣である。

顔を覗かせている女性はかなり小柄で、銀縁眼鏡を掛けた丸顔。モスグリーンのトレーナーに、下はスリムのジーンズというなりだった。おそらく、女子大生だろう。玄関の三和土《たたき》の横に設《しつら》えられている下駄箱の上に、白い猫のぬいぐるみが置かれている。

「お隣にお住まいだった溝田さんのことは、ご存じでしたか」

「ええ、私が後から引っ越して来たので、その日に挨拶《あいさつ》させていただき、以後は顔を合わせる度に、会釈くらいしていました」

「あなたがこちらに引っ越して来たのは、いつ頃ですか」

「七か月くらい前です」

香山はうなずき、黒表紙の執務手帳にメモを取る。いまは六月だから、この女性は昨年の十二月に越してきたことになる。真輝子は、それ以前から隣室に住んでいたのだ。

「最近、溝田さんと顔を合わせたり、見かけたりしたのは、何時《いつ》ですか」

若い女性が考え込んだものの、やがて言った。

「五月の末だったと思います。夕刻、私がバイトに出かけようとしたら、エレベータのところでばったり会ったんです。買い物袋を提げていましたから、近所のスーパーから戻ったところだったんじゃないでしょうか」

「溝田さんは、一人暮らしでしたか」

「ええ、そうだと思います」

「溝田さんの暮らしぶりとか、お仕事とか、何かご存じでしたか」

「いいえ、そこまで親しくしていたわけではありませんから、そういったことは何も知りません」

「ちなみに、あなたは学生さんですか？」

「ええ、県内の国立大学に通っています」

かすかに誇らしげな口調だった。たぶん、千葉大の学生だろう。

「ご家族と一緒に暮らしておられるんですか」

「いいえ、実家が新潟なので、一人暮らしです」

「お隣に、誰かが訪ねて来るようなことはありませんでしたかね」

若い女性が黙り込んだ。

何かに思い当たったのだろうと察して、香山は慎重に言葉を続けた。

「いまもお話ししたように、溝田さんの墜落の原因は不明です。つまり、事故、自殺、それに他殺という可能性もあります。警察は、どんな可能性も排除しないで捜査しなければなりません。何かご存じでしたら、ほんの些細《ささい》なことでも結構です、教えていただけないでしょうか」

若い女性が迷うような顔付きになったものの、やがておずおずと口を開いた。

「以前は、溝田さんのところに、男の人が頻繁に訪ねて来ているようでした。二人で出かけるところも、何度か見かけたことがあります」

「それは、どんな感じの人ですか」

「痩《や》せ形で背が高く、眼鏡を掛けた真面目そうな感じの人でした」

「年齢は」

「三十くらいだと思います」

「あなたの目から見て、その人はどんな仕事をしているように見えましたか。印象でかまいませんから、考えてみてください」

その言葉に、若い女性はじっと考え込んだ。そして、おもむろに顔を上げた。

「何か知的な仕事をしているという感じでした」

「その男性のことを、いま言い淀《よど》まれたように思えたんですが、何か特別な理由があるんですか」

「実は、三か月ほど前、二人が言い争うのを聞いてしまったんです」

恥じらうように、彼女は顔を伏せた。

香山は合点がいった。三か月前なら、その出来事は三月頃ということになる。

「こちらのマンションは、壁が薄いということですか」

「いいえ、薄くありません。だから——」

香山は無言でうなずく。それほど激しい言い争いだったのか。

「溝田さんと、その男性の言い争いは、その一回だけ？」

「ええ、私が知る限りでは」

「その後、その男性を見かけたことがありますか」

「いいえ、一度もありません」

「今日を含めて、ここ数日、マンション内で見慣れない人物に気付かれたことはありませんか」

「さあ、どうかしら。このマンションのエントランスはオートロック式になっていないから、外部の人間でも堂々と入って来れば、さして怪しまれませんから。——それに、この三日間ほど大規模修繕中で、管理会社の人や職人さんたちが出入りしているでしょう。だから、知らない顔も、それほど気にしませんでしたね」

「今日の六時半前後、言い争う声や叫び声を耳にしませんでしたか」

若い女性は、いいえ、とすぐにかぶりを振った。

その様子を目にして、彼は質問を変えた。

「マンション内から非常階段に出る鉄扉に、錠が付いていますよね」

「ええ、非常口はオートロックで、閉めると自動で錠が掛かるようになっています。非常階段へ出た住人は、必ず鉄扉を閉める決まりになっています」

香山はうなずいた。その後、いくつか質問を繰り返したものの、実のある証言は得られなかった。彼は礼を述べると、踵《きびす》を返そうとして、何気なく言った。

「確か、エレベータも定期点検中と聞きましたけど」

「ええ、不便が重なっちゃって困るって、一昨日《おととい》、朝のゴミ出しの時に、反対側のお隣さんと一階のエントランスの外で愚痴を零《こぼ》しちゃいました。そしたら、知らない人から、エレベータの定期点検もあるのかって訊《き》かれて——」

そこまで口にして、若い女性がはっとしたように黙り込んだ。

「それを訊いたのは、どんな人物でしたか」

香山の言葉に、若い女性が顔を強《こわ》ばらせた。

四

《船橋市内女性墜落死事件》の最初の捜査会議は、午後十時から始まった。

　船橋署の最上階にある講堂入口脇に貼られた《戒名》には、《墜落死》の文言が含まれている。当初、溝田真輝子の墜落死の原因が、事故とも、自殺とも、他殺とも絞り込めなかったからだ。そのため、所轄の船橋署の刑事課だけで捜査を行う方針が、まず検討された。

　ところが、遺体の第一発見者である明智俊彦からの聞き取りによって、被害者が墜落した直後の非常階段五階の踊り場付近で、不審な人影が目撃されていたことが判明したのだった。この情報は、ただちに千葉市中央区長洲《ちゅうおうくながず》にある県警本部に連絡され、捜査一課が急遽《きゅうきょ》乗り出してきて、午後八時過ぎに船橋署の刑事課とともに特別捜査本部が立ち上げられたのである。

　蛍光灯が眩《まばゆ》く灯《とも》った講堂の上座に、幹部席が設けられている。そこに船橋署の若い署長を始めとして、県警本部の太った捜査一課長、副署長格の理事官、痩せた管理官の警視、警務課長などが居並んでいる。

　下座には、パイプ椅子が五列にわたって並べられていた。香山は三宅、増岡、それに刑事課の捜査員たちや、鑑識課員たちとともに、そこに座していた。県警本部から派遣されてきた捜査一課の刑事たちも、顔を揃えている。その中に一人だけ、女性捜査員が含まれているものの、ほかは男性ばかりで、講堂内に男性整髪料の匂いが籠《こも》っていた。

廊下側の壁際に、三面のホワイトボードが並べられており、被害者の人定《じんてい》や墜落の日時と住所、現場の見取り図などが書き出され、鑑識課が撮影した十数枚の写真がマグネットで留められている。

被害者の遺体は、稲毛《いなげ》に在住している妹、福田《ふくだ》美千代《みちよ》との連絡が取れて、本人確認が行われた後、ただちに県内の国立大学病院へ運ばれた。今夜中にも、正式な司法解剖が行われる予定になっている。

講堂に居並んだ捜査員たちの前で、刑事係長である米良が立ち上がり、捜査会議の口火を切った。

「まず、被害者である溝田真輝子さんの人となりと暮らしぶりについて、現在判明している範囲内で報告してもらいたい」

下座の捜査員の中ほどで、二名の捜査員が起立した。一人は頭髪がかなり薄くなった初老の人物で、もう一人は色の浅黒い若い男だった。初老の捜査員が手帳に目を落として、報告を始めた。

「溝田真輝子さんは満三十歳。本籍は千葉県山武《さんむ》市――で、市内の市立高校を卒業後、県内の私立大学の文学部へ進学しました。その後、大学院で修士課程と博士課程を修了した後、都内および千葉県内の四つの大学の非常勤講師を務めておりました――」

その説明と並行して、講堂内の照明が落とされ、上座正面の大スクリーンに、関連写真が次々と大映しになってゆく。

被害者の全身。

目を瞑《つぶ》った顔。

頭部の損傷部分。

両腕の損傷部分。

現場となった非常階段の全景。

マンション裏手の駐車場。

五階の非常階段の踊り場。

マンションの非常口の鉄扉。

その建物内の通路。

「――専門分野は、日本美術史です。事件現場となったマンションの五階の五〇三号室に一人暮らしでした」

「美術史？　それはどんな学問なんだ」

太った捜査一課長が、幹部席で重々しい声で質問した。

「美術の変遷や発展などの特質を、文化と歴史の側面から考察する学問だそうです」

米良の説明に、香山は手元のメモから顔を上げた。警察官という殺伐とした仕事柄、美術や文化などに疎い人間が少なくないのかもしれない。だが、彼自身は、美術が嫌いではない。若い頃は休日を利用して、妻の朱美と方々の美術館へ足を運んだものだった。千葉市美術館、上野《うえの》の東京国立博物館、それに熱海《あたみ》にあるＭＯＡ美術館へも行った。静謐《せいひつ》な空間で静かに芸術を鑑賞していると、心が洗われるような気がする。美術の中でも、近世の日本絵画が好みだ。

「彼女の暮らしぶりや健康状態、人間関係についての調べは進んでいるのか」

管理官の警視が言った。

すると、講堂の照明が再び灯されて、今度は色の浅黒い捜査員が口を開いた。

「山武市内にある実家は、父親が四年前に亡くなっており、母親が一人暮らしをしておりましたが、十か月ほど前に自宅前で転んで右脚の大腿骨《だいたいこつ》を骨折し、その影響で体調を崩して、現在は船橋市内の老健施設に入所しているとのことです。三つ歳下の妹、福田美千代さんが稲毛区に夫婦で居住しており、二時間ほど前に、被害者の本人確認のために署へ来ていただきました。しかし、本人確認でひどく取り乱してしまったことから、本日は、それ以上の聞き取りを続けることは不可能と思料されましたので、とりあえずパトカーで自宅へ送り届けさせました。したがって、暮らしぶりや健康状態、人間関係についての子細はこれからです」

「被害者は若い女性だぞ。男性関係についての調べも見落とすな」

「了解しました」

　そのやり取りを目にしながら、香山は船橋署を訪れた妹の美千代のことを思い返していた。線香の煙が漂う薄暗い霊安室で、姉の変わり果てた姿を目にするなり、彼女は絶叫し、その場で泣き崩れたのだった。居合わせた三宅や増岡、それに香山にも、掛ける言葉が見つからないほどの悲痛な様子だった。

　真輝子の死は、明智の証言だけでは、事故死とも、自殺とも、他殺とも断定できない。しかし、仮に他殺だったとしたら、誰がどんな理由があって、非常階段から突き落とすような惨《むご》い殺し方をしたのだろう。

　刑事を続けてきて、香山はこれまでに様々な殺人事件の捜査に携わってきた。その中には、歪《ゆが》んだ欲望に突き動かされて、幼い少女を誘拐した挙句、用済みと言わんばかりに扼殺《やくさつ》して遺体を遺棄した犯人が含まれていた。他人が羨《うらや》むほどの容姿や贅沢《ぜいたく》な暮らしに恵まれながら、面白半分に女性に乱暴を働き、その犯行の露見を恐れて、知り合いを溺死《できし》させた冷酷な若者のことも思い出される。

　そうした連中が手に掛けたどの被害者にも、慰めの言葉一つ見つからない。そして、今回の一件が殺人なら、五階から突き落とされたとき、被害者が味わった恐怖は言語に絶するものだったろう。

「次に、初動捜査着手のおりの現場状況と、第一発見者からの聞き取り――」

米良の張り上げた声で、香山の思念が途切れた。

途端に、三宅と増岡が素早く立ち上がった。そして、体の大きな三宅がいつものように破いた煙草の包み紙のメモに目を落とし、緊張の面持ちで口を開いた。

「本署から現場に一番乗りしたのは、私と増岡です。交番から駆けつけていた警官によって、すでに現場保存の処置が施されていましたので、私はすぐにマンション内や非常階段、それに屋上を見て回りましたが、不審な人物は見当たりませんでした。現場のマンションは、一昨日《おととい》からエレベータの定期点検中とのことです。また、非常階段側からマンション内に入るためのすべての非常口の鉄扉と屋上のドアの錠が掛かった状態であることも確認しました。

第一発見者の明智俊彦さんは、現場のマンションの四階の四〇一号室に一人で暮らしています。その証言によれば、溝田さんが非常階段から墜落したのは、午後六時半頃とのことでした。日が暮れる直前でしたが、辺りが薄暗くなっていたとも申しておりました。また、彼女は悲鳴も上げず、墜落したとのことです。不審な物音も耳にしておりません。ただし、刑事課長にはすでに報告済みですが、明智さんは、被害者の落下に仰天して、すぐに携帯電話で通報しようとしたものの、動顚《どうてん》のあまりもたつき、ようやく警察への通報に漕《こ》ぎつけたとき、何気なく非常階段を振り返り、五階の踊り場付近に人影らしきものを目撃したと証言しました」

その言葉に、講堂内にざわめきが広がった。

「その人影について、性別や年齢、服装などは判明しているんですか」

気の早い捜査員から、質問が飛んだ。

「いいえ、いまも申し上げましたように、目撃者はひどく慌てていて、それらの点については記憶しておりません」

捜査員たちから、落胆と不満が入り交じったため息が漏れる。

それを押し留《とど》めるようにして、三宅が額に汗を浮かべたまま言葉を続けた。

「また、いまの目撃証言に関連して、もう一つだけ、報告しておかなければならないことがありまして」

「何だ」

「警察に通報した後、明智さんは、最寄りの交番から警官が駆けつけるまで、現場の駐車場で待機していたとのことですが、その間、非常階段からは誰も降りてこなかったとのことです」

その言葉に、講堂内がさらに大きくどよめいた。

上座の幹部連中たちが険しい顔つきとなっている。

捜査員たちも、隣同士で囁《ささや》き交わす。

「おい、三宅、それはいったいどういうことだ。非常口の鉄扉と屋上のドアの錠が掛かっていたと、おまえ自身がいま報告したばかりじゃないか。五階の踊り場にいたという人物は、いったいどこへ消えちまったんだ」

捜査一課長の厳しい口調の言葉に、三宅が情けなさそうな顔つきのまま言葉に詰まるのを、香山は息を止めて見つめる。

隣に起立している増岡が、慌てたように口を開いた。

「聞き取りをした私たちも、どう考えたらいいのか、まったく分かりませんでした。目の前で起きた事態に動顚して、明智さんが目の錯覚を起こしたのかとも思ったんですが、この時期、午後六時半頃でしたら、まだ日が残っています。見間違いだったとは、考えにくいと思いますし」

「見間違いなら、被害者の墜落は、事故もしくは自殺ということになり、捜査方針そのものが違ってくるんだぞ。おまえたち、警察の捜査ってものをちゃんと理解しているのか。どうして、明智に何度も念押しをしなかったんだ」

「もちろん、何度も確認しました。しかし、目撃者は、確かに人影のようなものを見たと断言したんです」

彼女の狼狽《うろた》えきった説明に、捜査一課長は苦々しい表情を変えなかったものの、すぐに言った。

「やむを得ん。この点についての結論は、ひとまず先送りにする。——米良、さっさと会議を進めろ」

「は、はい。次に、マンションと周囲の防犯カメラについての報告——」

米良の言葉に、中年の巨漢の捜査員と若く痩《や》せた捜査員が同時に立ち上がった。そして、巨漢の捜査員が口を開いた。

「現場となったマンションの玄関フロアには、天井部分に防犯カメラが設置されていました。広角のレンズですので、死角はありません。したがって、玄関フロアを出入りした人間は、この防犯カメラの記録用ハードディスクに嫌でも録画されることになります。そこで、ほかの防犯カメラを後回しにして、マンションの管理人立ち会いのもとに、私たちはその録画映像を徹底的に調べてみました。その結果、本日の録画データに気になる二名の人物が映り込んでいることが判明しました」

「どんな人物だ」

「一人は、縞柄《しまがら》のブルーの半袖《はんそで》シャツに、細身のジーンズ姿の若い男性です。午後四時十分にマンションへ入り、午後五時三分にマンションから出ています。黒い鞄《かばん》を手に提げていました。その挙動にさして不自然なものは感じられませんが、防犯カメラの映像確認に立ち会ってくれたマンションの管理人によれば、この人物はあのマンションの住人ではないとのことです」

「もう一人は」

理事官から、気忙《きぜわ》し気に質問が飛んだ。

「そちらは目深に鍔《つば》付帽子を被《かぶ》っておりましたので、残念ながら容貌《ようぼう》は映り込んでいません。薄水色の繋《つな》ぎの作業着姿の小太りの男性です。午後六時三十五分に、ひどく慌てた様子でマンションから出て行っています」

「しかし、現在、現場のマンションは大規模修繕中だろう。作業着姿の人間が出入りしても、さして不思議はないじゃないか」

「確かに、その通りです。作業員の監督者は、まったく同じような服装でした。しかし、映像に映っていたこの人物と類似した男性は、マンションに入る姿が防犯カメラに映り込んでおりません。ちなみに、管理人によれば、大規模修繕の作業に当たっている監督者と職人たちには、非常階段側の非常口の合鍵《あいかぎ》が一本だけ預けてあるとのことですから、そちらからマンション内へ入ったという想定も成り立ちます。明日以降、エレベータの定期点検の人々も含めて、すべての監督者や作業員たちの本日の詳細な動きをご確認願いたいと思います。――ともあれ、この二名については、ハードディスクに残されていた映像のプリントを作成中です」

　質疑応答が途切れたところで、再び米良が口を開いた。

「続いて、鑑識の調べは？」

「はい」

　青い制服姿の鑑識課のチーフが立ち上がった。

「遺体とその周囲、それに非常階段五階の踊り場の微物については、彼女の体に触れた第三者と結び付く明確なものは検出されませんでした。不審な遺留品も見つかっておりません。非常階段五階の鉄扉のドアノブから検出された指紋は、複数名のものが混在しておりました。現在、マンションのすべての住人に捜査協力を依頼して、個別の指紋の該当者を弁別する特定作業を続けています。ただし、鉄扉の内側と外側のノブから、被害者の右手の複数の指紋が検出されたことは確認いたしました。

　また、被害者のハンドバッグ内の手帳によって、被害者のスケジュールが判明しました。とりあえず、一月まで遡《さかのぼ》って、明日の会議で一覧表にして配布したいと思います。また、スマートフォンも入っていて、通話記録を調べました。こちらについても、一覧表を作成中です。そのほか、本件と結び付くかどうかは分かりませんが、溝田さんはSNSを行っていました。ツイッターとインスタグラムです。暮らしぶりや、その人となり、日常の様子などを探る材料になり得るかもしれませんので、それらについても最近のものをプリントしたいと思います。以上です」

「よし、次に、《地取り》の報告――」

米良の言葉に、捜査員たちが次々と報告を行ったものの、目ぼしい収穫はなかった。被害者の墜落の前後の時間帯、マンション内で不審な行動を見せた人物を目撃した住人は発見されなかったのである。

外回りについても、「収穫なし」の報告が続いた。

だが、最後に立ち上がった男女の組の女性捜査員が、人々の興味を引く報告をした。

「私たちの《地取り》では、何も収穫はなかったのですが、三宅巡査長から周辺の巡回を命じられた交番の制服警官から、気になる報告を受けました」

「どんなことですか」

ほかの捜査員から声が飛ぶ。

「事件発生後、付近を巡回していたとき、現場となった駐車場から十数メートルほど離れた路上に駐車している軽ワゴン車を見かけたそうです。ライトを点《つ》けていなかったものの、運転席に人が乗っているのを確認したので、職質《バン》を掛けようと近づいたところ、無灯火のまま急発進して走り去ったとのことです」

「その事態は、何時頃に発生したんですか」

米良が言った。

女性捜査員が手帳に目を落として、口を開いた。

「軽ワゴンが走り去ったのは、午後六時三十八分頃とのことです」

「その警官は、不審車両のナンバーを控えたんですか」

別の捜査員から質問が飛んだ。

「はい、咄嗟《とっさ》にナンバーを手帳に書き留めて、ただちに県警本部に照会してみたところ、昨日の午後、松戸《まつど》市内で盗難に遭ったクリーニング店の車両と判明しました」

その言葉に、講堂内がざわついた。

「よし、引き続き、マンション周辺の防犯カメラの録画映像を詳細に確認するんだ。その軽ワゴンを含めて、ほかにも不審なものが映っているかもしれんぞ」

「了解しました」

「香山、おまえの調べはどうだった」

米良に指名されて、香山は立ち上がった。

「私はマンションの各戸を回り、聞き込みをしました。その結果、被害者の隣家の女性から、気になる証言を得ました。三か月ほど前まで、溝田さんの部屋を頻繁に訪ねる若い男性がいたとのことです」

「若い男性だと」

「はい、長身で痩せ形、眼鏡を掛けた真面目そうな顔立ちで、歳は三十くらい。これは、証言してくれた女性が受けた印象ですが、何かの知的な仕事に携わっている感じがしたとのことです。それはともかく、三か月前、溝田さんの部屋から、彼女が男性と激しく言い争う声が聞こえてきたそうです。そして、それ以降、男性が訪ねて来ることはなくなったらしいとのことです」

一転して、講堂内が静まり返ったが、香山は言葉を続けた。

「それから一昨日《おととい》、つまり六月三日の朝、その住人がほかの住人と一階のエントランス・ホールで、エレベータの定期点検について立ち話をしていたとき、その話題に興味を示して、話しかけてきた初老の男性がいたというのです」

報告を終えると、香山は腰を下ろした。

捜査一課長の訓示を締めくくりとして、一回目の捜査会議がようやく解散となったときには、午前零時を過ぎていた。

講堂から出てゆく捜査員たちのどの顔にも、疲労の色と、納得し難いという苛立《いらだ》ちの表情が張り付いていた。

真輝子の死は、事故、自殺、他殺のいずれなのだろう――

そう考えながら、香山も足取り重く講堂を後にした。

第二章

一

翌日、香山が稲毛駅東口の改札を抜けたのは、午前九時過ぎだった。

後方から、相楽《さがら》英雄《ひでお》警部補が自動改札機にスマホケースを当てて続いて来る。

「香山さんは、今回の一件をどう見る」

肩を並べた相楽が、スマホを胸ポケットに入れながら言った。

「まだ何とも言えませんね。溝田真輝子さんが落下したとき、非常階段の五階部分で目撃された人影が、目撃者の錯覚ではなかったのなら、その人物はどうやってマンションから外に出たのでしょう」

駅前の雑踏を抜けながら、香山は目を瞬《しばたた》かせて答える。六月初旬だというのに、盛夏を思わせる日差しだ。目の前は、植栽のあるロータリーとなっており、その周囲にバス停がある。

相楽は県警本部から派遣され、香山と組んでいた。彼は警部補で、巡査部長の香山よりも階級が上である。年齢も五つ上だ。背丈は同じくらいだが、小太りの体型で丸顔、七三分けの刈り込んだ髪型をしており、銀縁の眼鏡を掛けている。

やや長めの髪型に、ラフな開襟シャツと麻のジャケット、下はチノパンという香山は、警察官というより自由業と勘違いされがちだ。それに対して、相楽はお堅い役人か銀行マンのように見える。しかし、常に白檀《びゃくだん》の扇子を手にして扇《あお》ぐところが、そのイメージを崩していた。以前にも、捜査を共にしたことがあり、気心は知れている。

二人は、稲毛区に在住している福田美千代の家に向かっていた。朝一で連絡を入れると、彼女はやや落ち着きを取り戻していた。夫も仕事を休み、一緒に待っていてくれることになっている。

相楽が扇子を開きながら、続けた。

「俺もまったく同感だな。被害者は大学の非常勤講師だ。そんな人間を突き落とさなければならない理由があるとすれば、咄嗟に思いつくのは、まあ痴情沙汰《ざた》くらいのものだろう。男女の縺《もつ》れは峻烈《しゅんれつ》な憎しみを生じやすい。突き落とすという手口も、当て嵌《は》まりそうな気がする」

香山はうなずく。被害者の真輝子は、確かに整った容姿だった。しかも、彼女の部屋に頻繁に通う若い男性がいたという。そして、三か月ほど前に、二人は言い争いをしたのだ。相思相愛だった相手が、ちょっとした感情の行き違いから、逆上して凶行に及ぶということは、さして珍しくない。

しかし、そう簡単には決めつけられないかもしれない。まったく無関係だった男が、たまたま見かけた被害者への想いを一方的に募らせて、ストーカー行為に及び、拒絶されて、挙句に相手を殺害してしまうことも、古今東西珍しくないのだから。

彼は言った。

「被害者の《鑑》を、詳しく探る必要がありますね」

「自殺の線は、どう思う？」

香山は、咄嗟に返答に窮した。日本における自殺者は、例年二万人を下らないとされる。その理由は、経済的に追い詰められること、病苦、精神的な深い悩みなど、実に様々である。同時に、同じような境遇に陥っても、自らの命を絶つ人間と、そうでない者がいるという事実を無視することはできない。警察が取り扱う変死者で、一見して自殺とも、事故とも、そして他殺とも判然としない状況ほど、厄介なものはないのだ。

しかし、と香山は思い直して、口を開いた。

「どうでしょう。微妙ですね。自ら飛び降りようとする人間が、ハンドバッグや車のキーを携えるというのは、やや不自然な気がします」

「それなら、事故の可能性は？」

真輝子は、悲鳴も上げずに落下したという。誰かと争うような様子や物音に気付いた人間はいない。ほんの些細《ささい》な不注意が、取り返しのつかない事故に繋《つな》がった事例なら、香山も少なからず知っている。そして、後になって、その実際の経緯を見聞きして痛感させられることは、そんな信じられないような偶然が本当に起こり得るものなのか、という驚きの場合が少なくない。

「どんな状況があれば、人が誤って非常階段の手摺《てすり》を越えてしまうのか、まったく想像がつきませんね」

「確かに、弾みってやつは、こっちの想像をはるかに超えているからな」

扇子で扇ぎながら、相楽がうなずく。

二人は、どちらからともなく足を速めた。


「この度のお姉さまのこと、心からお悔やみ申し上げます」

狭いキッチンの木製テーブルを挟んで、相楽が丁寧に頭を下げた。

香山も、無言で低頭する。

二人の前に、茶托《ちゃたく》に載せられた紺色の茶碗《ちゃわん》が二つ置かれているものの、手は付けられていない。

「恐れ入ります」

震える声で言い、福田美千代がぎこちなく頭を下げた。

後頭部に引き詰められた髪が、何本もほつれている。彼女の実年齢は二十七歳と分かっている。だが、わずか一晩で、五つも、六つも歳をとったように見えてしまう。

細い顔で、目鼻も細く、青白い顔に化粧っ気はなく、目が真っ赤に充血していた。地味な紺色のシャツに、グレーのスカートというなりだ。手に白いハンカチを握りしめている。

その隣に、夫の福田司郎《しろう》が身を竦《すく》めるようにして座っていた。痩《や》せた小柄な男性だ。剛毛を思わせる七三に分けられた豊かな髪をしており、分厚いレンズの眼鏡のせいで、目が大きく見え、いかにも生真面目そうな雰囲気だった。デニムのシャツに、下はベージュのスラックスである。うっすらと汗の浮いたこめかみに、青筋が浮かんでいる。

「辛《つら》いお気持ちのときに不躾《ぶしつけ》にお訪ねして、立ち入った質問をしなければならないのは、まことに心苦しいのですが、これも真相の解明のためです。どうか、ご協力のほどお願い申し上げます」

相楽の言葉に、美千代がうなずいた。

「ええ、何でも協力させていただきます」

そう言ったものの、すぐさま口元を戦慄《わなな》かせて目を瞑《つぶ》る。途端に、彼女の頰に二筋の涙が零《こぼ》れた。

「刑事さん、義姉《あね》は殺されたんでしょうか」

司郎が訝《いぶか》しげに聞いた。口調に、戸惑いと強い憤りが籠《こも》っていた。

相楽が、静かにかぶりを振る。

「それは、まだ分かりません。現在、船橋署に設置された特別捜査本部が、全力を挙げて捜査に当たっています――そこで、お訊《き》きしますが、お姉さんは、どんな生活をなさっていたんでしょうか」

ハンカチを目に当てた美千代が、夫とちらりと顔を見合わせ、視線を戻して口を開いた。

「姉は、大学の非常勤講師として、いくつかの大学で授業を受け持っていました。細かいことまでは覚えていませんけど、月曜日から金曜日まで、確か二十コマ近い授業を抱えていたはずです」

「昨日は金曜日でしたから、お姉さんは大学に行かれたわけですね」

相楽の言葉に、ハンカチを口元に当てながら、美千代がうなずく。

「そうだと思います。でも、金曜日は授業を午前と午後の二コマだけにして帰宅し、早目の夕食を済ませてから、母に面会するために、市内の老健施設へ行くことを習慣にしていました。私の方は、毎週火曜日に母を見舞うことにしています」

「昨日の夕刻、お姉さんが外出しようとしたのは、そのお見舞いのためだったと考えていいんですね」

「ええ、間違いないと思います」

洟《はな》を啜《すす》りながら、美千代がうなずく。

「お母様のいらっしゃる老健施設に行かれるとき、電車を利用されていましたか」

「いいえ、最寄りの駅からかなり離れている施設なので、姉はいつも自分の車で行っていました。私は市バスを利用しています」

相楽と目の合った香山は、無言でうなずく。真輝子は非常階段を使って、駐車場に停めた車のところへ行こうとした可能性がある。

「立ち入ったことをお訊きしますが、お姉さんが誰かに恨まれていたとか、揉《も》め事を抱えていたとか、そういうことはありませんでしたか」

美千代はわずかに口をつぐんだものの、すぐに言った。

「分かりません。子供の頃から、姉はとても頭のいい人でしたし、気の強い人でした。だから、妹の私にも、元気だった頃の母にさえ、弱音を吐いたり、心配事を口にしたりすることはありませんでした」

「お付き合いされていた男性については、どうでしょう。何かご存じありませんか」

慎重な物言いで、相楽が訊いた。

「その点も、姉は秘密主義でしたから、よく分かりません。でも——」

彼女が言い淀《よど》んだ。

「でも、何でしょう？」

「姉が大学院生だった頃、誰かとお付き合いしているんじゃないかと、そんな気配を感じたことならあります」

「気配とは、具体的には、どんなことですか？」

「日曜日に頻繁に出掛けたり、部屋で誰かと長電話していたりしたんです、それも声を小さくして」

相楽が黙ったまま、香山へ顔を向けた。

香山はうなずくと、おもむろに口を開いた。

「最近、お姉さんと顔を合わせたり、話をされたりしたのは、いつでしたか」

「確か、一か月半ほど前だったと思います」

「一か月半前、姉妹なのに？」

「姉は大学院を修了してから、ほどなく実家から独立しましたし、私の方も家庭を持ってからというもの、姉と頻繁に顔を合わせたり、電話を掛けたりすることがなくなっていたんです」

「そのとき、どんな話をされたんですか」

「知らせたいことがあるって、姉が弾んだ声で電話を掛けて来たんです。滅多にないことでした」

言ってから、美千代は顔を曇らせた。改めて、姉の死を実感したのだろう。

香山は慎重に言った。

「知らせたいこととは、どんなことだったんですか」

「姉の話は、三つありました。一つは、奨学金の採用者に選ばれたことでした」

「奨学金？　つまり、研究のための助成金を受けられるようになったんですね」

「ええ、三月末に、採用通知が届いたと言っていました。詳しいことは知りませんが、大学からの研究費の支給がありません。姉みたいな非常勤講師には、作品調査のために泊まりがけで出張したり、カメラなどの撮影用の器材を調えたり、データを管理するパソコンを購入したりするために、かなりお金がかかるんだそうです。そのため、毎年のように、姉はいろいろな財団が提供してくれる奨学金に応募していたようでした」

「どこの財団ですか、お姉さんに奨学金を出すことを決めたのは」

「佐島《さじま》美術財団です」

香山は、相楽と顔を見合わせた。

佐島美術財団なら、彼も知っていた。その財団の母体は、ファストファッション最大手の《サジマ屋》である。ここ十数年で、目覚ましい発展を遂げた《サジマ屋》は、最近ではファッション以外の分野にまで業態を多角化するとともに、ネットを使った商品販売で業績を伸ばしている。国内に二百数十店舗、海外もアジア圏を中心に数十店舗を展開していると聞いたことがある。

香山は言った。

「それは凄《すご》いですね」

美千代はうなずくと、横の壁際に置かれている箪笥《たんす》の上から印刷物を手に取り、振り返った。

「姉が送ってくれた佐島美術財団のパンフレットです——佐島美術財団の活動は、美術に関する調査研究と出版物の刊行、さらに国際交流と美術の振興をはかり、我が国の文化と社会の発展に寄与するものです——」

そこで目を上げると、悲しそうに付け加えた。

「——多額の研究費を得られるだけでなく、大勢の申請者の中から選ばれたから、研究者としての箔《はく》が付くって、クールな姉にしては珍しくはしゃいでいたことも覚えています。嬉《うれ》しくて、すぐに知り合いにも知らせたと話していました」

「二つ目は、どんなことだったんですか」

「二月から続けてきた作品研究で、凄いことを発見したと言っていました」

「それは、どんなことですか」

美千代がかぶりを振る。

「詳しいことは、何も聞いていません。たぶん、素人の私に話しても理解できないと思ったんでしょうね。でも、折よく、その研究成果を千葉県立近代美術館と佐島美術財団共催で行われる記念講演会で発表できるって、とても興奮していました。だから、私もその日、姉の発表を聞きに行く予定にしていたのに――」

美千代が再び言葉を詰まらせて、ハンカチを目に押し当てた。その嗚咽《おえつ》だけが、キッチンに響く。

掛けるべき言葉もなく、香山も黙り込まざるを得ない。人の死とは、どんな場合でも辛《つら》いものだ。しかし、肉親を失った家族ほど、悲しみのどん底に突き落とされる者はいないかもしれない。たとえそれが、自殺でも、事故でも。まして、他殺であれば、そこに二度と癒《いや》すことができない苦しみが生まれる。だからこそ、心を鬼にして聞き取りを続けなければならない。

香山は小さく咳払《せきばら》いすると、夫の方に顔を向けて口を開いた。

「福田さん、あなたの目から見て、義理のお姉さんという人は、いったいどんな感じの人でしたか」

司郎が一つ息を吐き、口を開いた。

「いい人でした。妻とは職場結婚だったんですけど、最初に三人で会ったとき、とても喜んでくれたものです。妹は奥手だったから、付き合う相手ができたのがとっても嬉しいって」

隣に座る美千代を指差して、彼が涙声で続ける。

「結婚のお祝いまでくれました。義姉《あね》がたいして稼いでいないことは、妻から聞いていましたから、こんなに奮発してくれるなんて、本当にいい人だと、感激したことを覚えています――刑事さん、どうか義姉が亡くなった真相を、一日も早く解明してください。お願いします」

「ええ、全力を尽くすことをお約束します。――それで、先ほどのことに戻らせてもらいますけど、溝田さんの記念講演会は、いつ行われる予定だったんですか」

やっと落ち着きを取り戻したのか、目頭をハンカチで押さえたまま、美千代がおずおずと口を開いた。

「六月十日です。十一日から千葉県立近代美術館で始まる新収蔵品展で、姉が研究していた作品が初公開されることになっているので、その前日に講演会と開会式のテープカットや内覧会が行われることになっていたんです」

「お姉さんは、さぞかし心残りだったでしょうね」

香山はつぶやく。

ええ、と美千代も涙声でうなずく。

「ちなみに、お姉さんはどんな作品を研究なさっていたんですか」

「千葉県立近代美術館が半年前に購入した、門脇修太郎《かどわきしゅうたろう》の未発表の油絵だそうです」

香山は息を呑《の》み、相楽と思わず顔を見合わせた。

門脇修太郎――

その名は、現代日本洋画界の金字塔であると同時に、世間を震撼《しんかん》させた凄惨《せいさん》な強盗殺人事件の被害者でもあったからだ。門脇とその妻はアトリエを兼ねた自宅の一軒家で惨殺されて、数日経過してから発見されたのだった。しかも、警察の懸命の捜査にもかかわらず、一人の容疑者すら浮上せず、ついに迷宮入りとなってしまった事件だ。文化勲章まで受賞した世界的巨匠が巻き込まれたこの未解決事件は、いまでも、テレビの未解決凶悪事件の特番などで取り上げられることがある。

香山が黙り込むと、相楽が身を乗り出して口を開いた。

「三つ目は、どんなことだったんですか」

「本務校が決まったんだそうです。来年の四月から、都内の大学に勤めることになったと話していました――」

言うと、美千代が本務校の意味を説明した。本務校とは、非常勤講師ではなく、専任となった講師が所属する大学のことだという。

「どちらの大学ですか」

美千代が、豊島《としま》区にある大学名を口にした。

香山は相楽とともにうなずく。

すると、美千代がふいに顔つきを変えて、ポツリと言った。

「いま、ふいに思い出したんですけど、その電話を切る直前、姉が妙な言葉を漏らしたんです」

「妙な言葉？」

美千代が真剣な顔つきでうなずく。

「ええ、姉は、こんなことを美術史の論文で発表していいのかしらって、そう言ったんですよ」

その言葉に、香山は首を傾げる。

隣で、相楽も宙に視線をじっと留《とど》めていた。

二

その頃、増岡は三宅とともに、千葉県内の私立大学を訪れていた。

生前の溝田真輝子が、非常勤講師として勤めていた学校の一つである。

二人の目的は、彼女の《鑑取り》だった。事故、自殺、それに他殺のいずれとも断定しがたい今回の一件の真相を解明するためには、被害者の生活や仕事、人間関係、利害関係、悶着《もんちゃく》や痴情沙汰《ざた》の有無、そのほかに犯罪に繋《つな》がりそうなあらゆる事態を徹底的に調べる必要がある。

どこの所轄署でも、県警本部と合同で特別捜査本部が立ち上げられると、通常は県警本部の捜査員と所轄署の刑事が、二人一組で捜査に当たる。所轄署の捜査員は、何よりも管轄地域のことに精通しており、ペアで調べを進めることで、捜査の抜けを防ぐとともに、犯人との遭遇など、捜査員自身に迫る危険を回避することにも繋がる。だが、増岡がまだ新人なので、同じ船橋署の三宅と組んでいた。

大学の正門を入ると、広々としたキャンパスが見えてきた。

遊歩道横の金網越しに、鮮やかな緑色のグラウンドが見えている。両端にゴールポストが立っている人工芝のフィールドを、派手な赤いヘルメットやプロテクターを身に着けたアメフトの選手たちが走り回り、威勢のいい掛け声を張り上げている。

反対側には、幾何学的に植え込まれた植栽が整然と続いていて、その先にガラス張りが目立つモダンな高層の校舎群が見えていた。

その間の広々とした遊歩道を、まだ大人になりきれていない青年たちや、若い女性たちが三々五々と行き交っていた。

髪を明るい色に染めた女子大生が、やたらと目につく。

汗ばむような、真夏を思わせる日差しだ。

「学生は、気楽な稼業と来たもんだ――ちぇっ、ああいうふやけた連中を見ると、何となく不愉快な気持ちになるんだよな」

額の汗をハンカチで拭《ぬぐ》いながら、三宅が不機嫌そうに言った。

「三宅さんは、なぜ、そんなに学生が嫌いなんですか」

増岡の言葉に、三宅が態顔を向けた。

「別に、嫌ってなんかいないぜ」

「嘘ですよ。いつだったか、幼女誘拐殺人事件の捜査のとき、第一発見者だったジョギング中の大学生に、ひどく辛く当たっていたじゃないですか」

途端に、三宅が肩を聳《そび》やかした。

「あんまり人聞きの悪いことを言うなよ。――でもな、おまえだって、刑事として毎日靴底を磨《す》り減らす日々を送っているんだろう。あんなお気楽な顔をしたやつらを目にして、少しくらい腹が立たないのかよ」

「だって仕方ないでしょう。刑事と違って、学生は勉強するために大学に来ているんですから」

「それがそもそも、おためごかしだって言うのさ。いまどきの大学生なんてものは、学校に遊びに来ているだけさ。やれサークルだ、それコンパだって具合にな。しかも、その連中のために、親は毎日汗水垂らして働いているんだぞ」

「そんなことを言っても、親子ってものは、そういうものでしょう——三宅さんだって、大学生のときに散々遊んだんじゃないんですか」

ほんの軽い気持ちで、増岡は言った。

ところが、それまで饒舌《じょうぜつ》だった三宅が、ふいに複雑な表情を浮かべて、むっつりと黙り込んでしまった。

何かまずいことを言ってしまったのだろうか。その場の空気を変えようと、増岡は咄嗟《とっさ》に思い付いて訊《き》いた。

「ねえ、三宅さん、前々から一度訊きたいと思っていたんですけど」

「何だよ」

「聞き込みのとき、どうしてメモ用に手帳を使わないで、煙草の袋の紙を使うんですか」

その言葉に、三宅が戸惑った表情を浮かべた。

「そんなことを聞いて、どうするんだよ」

「気になるんですよ」

「それは、つまりだな、手帳を使っていて、とんでもないへまを仕出かしたことがあるからさ」

「どんなへまですか」

「ほれ、手帳ってやつは、日曜始まりと、月曜始まりの二種類があるだろう。俺はずっと月曜始まりの手帳を使っていた。ところが、ある年、たまたま日曜始まりの手帳を手に入れたんで、仕方なくそいつを使ったのさ。で、いつもの癖で、ページの最初の欄に、月曜の記録のつもりで、事件の重要事項を書き込んだ。ところが、後で気が付いたら、それは日曜日の欄だったのさ。そのおかげで、事件経過をすっかり勘違いしてしまったというわけさ」

「なるほど、そういうことだったんですか」

「おい、あれだぞ」

そのとき、目指していた校舎が見えてきた。

三宅が足を速めた。

増岡も慌ててその後に続いた。

「溝田さんのことは、朝刊で読みました。本当に吃驚《びっくり》しましたよ――」

文学部准教授の河島健一《かわしまけんいち》が、痛ましそうな顔つきで言った。

「ええ、私たちは、あの一件の捜査を担当しているんです」

三宅が言った。研究室に設《しつら》えられた簡易ソファで、増岡は三宅とともに河島と対面している。

河島の年齢は、たぶん四十くらいだろう。薄水色のワイシャツ姿だが、ネクタイはしていない。下はスーツの紺ズボン。広い額がいかにも聡明《そうめい》そうな印象を与え、髪を綺麗《きれい》に七三に分けており、目鼻の細い神経質そうな顔立ちをしている。

研究室は十畳ほどの広さで、八号館という校舎の五階にあった。部屋の奥の壁際に大きなデスクが置かれていて、そこに二十六インチはある大画面のパソコンが設置されている。部屋の両側面の壁に、天井まであるスチール製の本棚が設えられており、難しそうな本が整然と並んでいた。本棚の最下段には、美術全集と文化財関連の大型本もずらりと収められている。

窓のブラインドがすべて閉じられており、午前中だというのに、室内に蛍光灯が白々と灯《とも》っていた。直射日光で本が傷むのを嫌っているのかもしれない。簡易ソファは、そのデスクの手前に置かれている。

「単刀直入にお訊きします。溝田真輝子さんは、どんな方だったんですか」

三宅が口火を切るのを、増岡は手帳とペンを手にしたまま横から見つめる。

ここを訪ねたのは、大学への問い合わせで、非常勤講師の募集に際して、目の前の河島が真輝子の推薦人だったことが判明したからだ。

そのおり、非常勤講師の採用過程に、二通りのパターンがあることも知った。一つはオープンに募集を掛けて、誰でもエントリーできる公募型である。もう一つは、優秀な人材を個別に選んで、一本釣りするパターンだという。その際、大学に在籍している関連分野の専任教員が、これぞという人材を推薦して、その中から選ぶことになるのだ。真輝子の場合は、後者の事例だった。

「そうですね。研究のセンスがいい上に、努力家というのが率直な感想です」

河島が言った。

「研究のセンスがいい上に、努力家ですか」

「ええ、調査の骨惜しみをしないし、上質な論文をコンスタントに学会誌に発表していました。——そうそう、昨年の学会発表はかなり好評でしたね」

「つまり、研究者として優秀だったということですか」

「端的に言えば、そういうことになります」

「人柄は、いかがでしたか」

「うーん、しいて言えば、気の強い感じの人かな」

「気が強い——」

鸚鵡《おうむ》返《がえ》しに言い、三宅が増岡にチラリと目を向けた。他人との悶着《もんちゃく》の可能性を嗅《か》ぎ付けたという目顔だった。

河島が続けた。

「学会の質疑応答でも、実績のある年長の研究者に対して、容赦のない質問や手厳しい意見を臆《おく》することなく発言していましたから。――しかしまあ、研究の世界ですから、お人よしというわけにはいきません。でも、人気もありましたよ」

なるほど、と三宅がうなずく。

増岡はメモの手を止めて、真輝子の容貌《ようぼう》を思い浮かべた。

短髪の瓜実顔《うりざねがお》で、細く長い眉《まゆ》と二重の大きな目が印象に残っている。鼻筋が通り、形のいい唇だったことも覚えていた。確かに、瑕疵《かし》一つ見当たらない。研究者としても優れていたというのだから、天は二物も三物も与えたと言わざるを得ない。

「人気とは、どういう意味ですか」

三宅の言葉で、増岡の思念が途切れた。

河島がうなずき、言葉を続けた。

「私たち美術史の研究者は、研究のために、多くの美術作品の実物を調査しなければなりません。そのために、美術作品を所蔵している博物館や美術館、寺社、一般企業、各種の団体、さらに個人コレクターなどにお願いして、所蔵作品を直《じか》に鑑賞させてもらう必要があります。そのとき、何だかんだ言っても、美人が得であることは、否定しようがないと思いますね」

「調査とは、実物を見るということですか」

「ええ、図像学などの一部の例外となる研究分野を除いて、美術史の研究というものは、実物の詳細な観察をもとにして分析を行うことが必須《ひっす》で、写真や画像をもとにした論考はあり得ません」

専門的な説明に戸惑いの顔つきになったものの、三宅が思い切るように続けた。

「つまり、美術品の調査がしやすいということなんですね」

「ええ。そんなことがまったく無関係な所蔵先もありますよ。でも、個人コレクターには、えてして人の好き嫌いが激しい人が多いですから。それに、彼女の授業をかなりの数の学生たちが履修していたのも、授業内容もさることながら、あの容姿と無関係だったとは思えません。その学生たちも、いまごろ今度のことを知って、ショックを受けているんじゃないかな」

三宅が黙り込み、くしゃくしゃのハンカチで額を拭《ぬぐ》った。

合図到来。増岡は半身を乗り出して、口を開いた。

「先ほど、溝田さんが気の強い方だとおっしゃいましたけど、誰かと揉《も》め事や軋轢《あつれき》を生じていたようなことはありませんでしたか」

「さあ、それはどうでしょう。溝田さんとは学会で知り合っただけで、個人的なことは何も存じ上げませんから。――しかし、この世界ではオリジナリティーとともに、プライオリティーが重視されます。研究において後塵《こうじん》を拝した同業者が、彼女のことを快く思っていなかった可能性なら、十分にあると思います。研究者の世界というのは、想像以上に妬《ねた》みが激しいですからね」

今度は、増岡が三宅の目を見返す番だった。やたらと横文字を使いたがるのは、いかにも大学教員という感じだ。《オリジナリティー》は、《独自性》という意味で、《プライオリティー》は、確か《優先順位》という意味じゃなかったかしら。つまり、《早い者勝ち》と言いたいわけね。

素早く考えをまとめると、彼女は質問を続けた。

「先ほど、溝田さんが学会で容赦のない質問や手厳しい意見を発言していたとおっしゃっていましたけど、そういうことが大きな揉め事に繋《つな》がるなんてことはないんですか」

河島が歯を見せる。

「学会発表というのは、一般の方々が想像しているような和やかな雰囲気ではありません。あくまで学問的に厳密な議論が交わされる場ですから、辛辣《しんらつ》な指摘が飛び交うことも、珍しくないんです。しかし、そうした議論から、感情的な揉め事になるってことは、まず考えられませんね。まあ、人間としての好き嫌い程度のことなら、当然生ずるでしょうけど」

「溝田さんの専門は、日本美術史だそうですが、具体的には、どんなテーマを研究されていたんですか」

「彼女の守備範囲は、日本の近現代の洋画家とその作品でした」

増岡は黙り込んだ。まったく縁のない世界である。

すると、三宅が再び口を開いた。

「つかぬことをお訊《き》きしますが、今回の溝田さんの一件、事故とか、自殺ってことは考えられないでしょうか」

その口ぶりには、ふと思いついたという響きが籠《こも》っていた。昨晩の捜査会議で、捜査一課長から手厳しく面罵《めんば》されたので、その失点を何とか挽回《ばんかい》しようと考えているのかもしれない。

河島の顔色が、白っぽくなった。

「新聞記事に目を通しただけですから、断定的なことは何も申し上げられませんけど、事故の可能性はともかくとして、自殺なんてことはあり得ないでしょう」

「どうして、そう思われるんですか」

「さっきも申しあげましたように、個人的なことは何も知りません。しかし、彼女はいたって健康そうだったし、いつも潑剌《はつらつ》としていました。自殺を思い詰めるほどの悩みを抱えていたようには見えませんでしたね。――それに、溝田さんは本務校が決まったばかりだったんですよ」

「本務校？」

「非常勤ではなく、専任の大学教員になれるという意味です。――都内の有名大学の美術史学科の講師に欠員ができて、急遽《きゅうきょ》公募があったんですよ。それに溝田さんが応募して、書類審査で最終選考まで残り、最終面接で専任講師に選ばれたんです。だから、来年の四月から、いよいよ大学の専任講師として働けるはずでした。そんな順風満帆の人が、自ら命を絶ったりしますか」

「それが決まったのは、いつのことですか」

「確か、二か月ほど前だったと思います。来年度のこちらの非常勤の授業ができなくなったと、彼女から直に電話があったんです。こちらとしても、次の非常勤講師を手当てしなければなりませんから」

二か月ほど前なら、四月頃ということになる、と増岡はメモを取りながら思った。

「正確には、四月の何日のことだったですか、その専任の座とやらが決定したのは」

「さあ、何日と言っていたか、ずいぶん前のことなので、失念してしまいました」

河島がすまなそうに言ったので、三宅も恐縮する顔つきになり、続けた。

「なるほど、それにしても、大学の専任講師というのは、それほどまでにいいものなんですか」

「専任と非常勤とでは、天と地ほども開きがあります」

「天と地ほどの開き――」

三宅が鸚鵡返しに言うと、河島が深々とうなずき、ソファに背を預けた。左手首に嵌《は》めた金色のロレックスが光る。

「専任講師は五コマとか六コマとか、大学によって多少の差がありますけど、授業の責任コマ数が決まっています。そのほかに、各種の委員や教授会などの学内行政と、年度末の受験関連の仕事にも携わらなければなりません。しかし、それ以外は、各大学の職務規定にもよりますが、ほぼ自由に時間を使えるんです」

「ちょ、ちょっと待ってください。五コマの責任コマ数って、まさか、九十分授業を週に五回行うだけ、っていう意味じゃないですよね」

驚いたように、三宅が声を張り上げた。

口角をつり上げて、河島がうなずく。

「まさにその通りです。しめて四百五十分。つまり授業だけなら、週に七時間半の労働ということになります。それでいて、同じくらいの年齢の週五日勤務、一日八時間労働の平均的なサラリーマンよりも給料がいいし、ボーナスも出ます。加えて、大学から研究費まで支給されます。しかも、専任講師には二か月間ほどの夏休みがあり、冬休みと夏休みに匹敵する長期の春休みもある。むろん、それらの休みの期間中も、通常通りに給料が支払われます。お二方はご存じですか、欧米では、たとえ専任講師であっても、そうした休み期間のサラリーがまったく支給されない大学もあるんですよ――」

そこまで言うと、河島は満足げな顔つきになり、三宅と増岡を交互に見据える。二人が思わず顔を見合わせると、さらに興が乗ったように言葉を続けた。

「――ところが、非常勤講師は、一コマの授業あたり、月に二万から三万円ほどの報酬しか受け取れません。基本的にボーナスもないし、研究費もありません。だから、本務校を持たない研究者は、非常勤の授業をいくつも担当しなければ、生活してゆけません。仮に二十コマだとして、週に千八百時間、つまり三十時間労働です。授業スタイルによりますが、立ちっぱなし、話しっぱなしで、板書もしなければならない三十時間の授業は、かなり過酷なもんですよ。複数の大学の非常勤を掛け持ちすれば、移動時間やその労力も馬鹿にならないし、報酬は成果給ではなく固定給ですから、やりがいも感じられない。むろん、夏冬春の休みの期間中は、大学からの報酬はゼロとなります。

しかも、最近は、非常勤を長期間継続すると、その人を常勤にしなければならないという法律が施行されてしまったために、その規定の年限に達する直前に、一旦《いったん》非常勤を解雇されて、改めて雇用契約の手続きが取られるという状況になっています。つまり、身分的にも、かなり不安定というわけです。大学院を出たばかりで、親元に同居している間なら、それでもいいかもしれません。しかし、ある程度の年齢になり、ましてや結婚して家庭を持つとなれば、非常勤だけではまず生活が成り立ちません。それでいて、そんな肉体的にも時間的にも切迫した状況にあるにもかかわらず、精力的に調査を行って、学会発表をしたり、論文を査読のある学会誌に投稿したりして、優れた研究業績を数多く積み重ねておかなければ、専任講師の座はまず手に入りません。競争相手なら、嫌というほどいますからね。まさに、あちらを立てれば、こちらが立たずというやつですよ」

三宅が低く唸《うな》り、複雑な表情を浮かべた。

その胸中が、増岡にも想像できた。楽をしたり、大した苦労もなくいい思いをしたりしている人間に、三宅は苛立《いらだ》ちを覚えずにはいられない性格なのだ。でも、いったいどうしてなのだろう。そこまで考えたものの、余計なことを考えている場合ではないと思い直した。

「さっき、溝田さんは、人気があったとおっしゃいましたよね。立ち入ったことをお訊きしますが、彼女がお付き合いしていた男性をご存じありませんか」

言いながら、増岡は、捜査会議で香山が報告した言葉を思い浮かべていた。

《三か月ほど前まで、溝田さんの部屋を頻繁に訪ねる若い男性がいたとのことです。……三か月前、溝田さんの部屋から、彼女が男性と激しく言い争う声が聞こえてきたそうです。そして、それ以降、男性が訪ねて来ることはなくなったらしいとのことです》

だが、河島は即座にかぶりを振った。

「個人的なことは、何も存じ上げないと申し上げましたでしょう」

今度は、増岡がかすかに唸る番だった。

その後、三十分ほど質問を続けたものの、これぞという証言は得られず、二人は研究室を後にした。

三

香山と相楽が福田美千代の家を辞したのは、午前十一時過ぎだった。

二人は、無言のまま稲毛駅へ足を向けた。

美千代が口にしていた溝田真輝子の人生は、まさに大輪の花が開こうという寸前で、奈落《ならく》の底に突き落とされたのも同然ではないか――

無言で歩きながら、香山は思う。亡くなった者の思いが、この世に残るかどうかは分からない。しかし、もしもそういうものがあるなら、彼女はこれ以上もなく無念だろう。

肩を並べている相楽に、ちらりと目を向ける。このベテラン刑事が黙しているのも、自分と同じようなことを感じて、無意味な同情の言葉すら口にする気になれないからに違いない。

しかも、真輝子は気持ちのどこかで、妹と張り合っていたのかもしれない。家庭を持った妹に、非常勤講師として一人で奮闘していた彼女は、滅多に電話さえしなかった。そんな彼女が美千代にわざわざ電話を掛けて、三つの悦《よろこ》びに満ちた報告をした。ほら、私はこんなに幸せよ。そんなふうに、見せつけたかったのだろう。

だとしたら、今回の一件が事故でないとしたら、自殺はあり得ない。

ならば、殺人の動機は、何だろう。

生きたままの人間を、五階の踊り場から突き落とすという残酷な手口を、敢《あ》えて選択するほどの動機とは。

いいや、犯人の逃走ルートがないのだから、やはり他殺ではないのか――

胸の裡《うち》で堂々巡りを繰り返しながら、香山は頭の片隅に、別の何かが引っかかっているることをかすかに感じていた。しかし、それが何なのか、はっきりと見えてこない。

歩きながら白檀《びゃくだん》の扇子で自分を扇《あお》いでいた相楽が、ふいに口を開いた。

「香山さん、動機は何だと思う？」

香山は、再び顔を向けた。

「相楽さんも、他殺だと考えているんですね」

「事故という解釈は、あまりにも飛躍した発想だ」

「私も同感ですが、現場のすべての非常口や屋上階のドアの錠が掛かっていたという壁が存在する限り、他殺という線は行き詰まってしまいます」

「確かに、その通りだ。しかし、動機という線から考えを進めてゆくと、どうしても、また他殺に行き着いてしまう。非常階段の五階から突き落とせば、人は百パーセント絶命する。犯人に確固たる殺意があったと判断せざるを得ない。何者かは知らないが、溝田さんを殺したくなるほどの動機を抱えた人物がいたんだ」

「しかし、溝田さんは普通の若い女性で、美術史なんて浮世離れした研究をしていた人なんですよ。犯罪とか、殺人とか、物騒でアンタッチャブルな世界と接点があったとは、どうしても考えられません」

そう口にした瞬間、頭の隅に引っかかっているものの正体に、ふいに気が付き、香山は思わず足を止めた。

「待ってください」

「どうした」

相楽も足を止める。

「一つだけ、被害者と物騒な出来事との接点がありました」

「何だ、それは」

「彼女が研究していた門脇修太郎ですよ。彼と妻が巻き込まれた強盗殺人事件は、いまだに解決されていません」

相楽の目が大きく広がった。

香山はジャケットの内ポケットからスマホを取り出し、素早く片手で操作しながら言った。

「娘に勧められて、最近、スマホを使うようになったんですけど、パソコン並みに便利なものですね。正確を期すなら、事件の捜査記録にちゃんと目を通す必要がありますけど、いま知りたい程度なら、門脇修太郎の事件についての記事を、これで難なく探すことが出来るでしょう」

やがて、画面に事件の記事が現れた。香山はその文章を読み上げる。

「——平成七年五月十三日、成田《なりた》市郊外の自宅で、洋画家であった門脇修太郎と妻の瑞枝《みずえ》の遺体が発見された。門脇修太郎は刺殺されており、瑞枝は鈍器で頭部を殴られて絶命していた。室内に物色した痕跡《こんせき》が残されており、物盗《ものと》り目的の犯人によって、四月二十七日に殺害されたものと断定された。千葉県警が大規模な捜査を行ったものの、犯人の特定には至らず、平成二十二年四月二十六日に公訴時効を迎えてしまった。世界的な名声を博した芸術家夫妻が殺害された犯人不明の未解決事件として、いまでもテレビなどで特集されることがある――」

記事を読み終えると、スマホをポケットに戻しながら、香山はまた相楽に目を向けた。

「どう思われますか」

うーんと相楽が唸り、言った。

「溝田さんのような学究的な世界に生きていた人間と、凄惨《せいさん》な強盗殺人事件なんてものは、まったく繋《つな》がりがないと思いがちだが、研究という接点があったのか――だけど、香山さん、あの事件はとっくに時効を迎えてしまったんだぜ」

「ええ、確かにその通りです」

胸の裡で一気に膨れ上がっていた興奮が、急速に萎《しぼ》むのを感じる。

が、ふと別のことに思い当たり、香山は言った。

「改めてあの事件に目を向けてみて、これまでまったく気に掛けなかった点に、いま思い当たったんですが」

「気に掛けなかった点？」

「ええ、門脇夫妻が殺害されたあの事件が、時効になった日付ですよ」

ことか——」

「いま、平成二十二年四月二十六日に時効を迎えたと言ったよな——あっ、そういう

相楽が勢い込んで続けた。

「——公訴時効が廃止になる対象日の一日前に、あの事件が起きてたってことだな」

「ええ、その通りです」

香山はうなずいた。

現在の法律では、死刑相当の犯罪に時効はない。しかし、以前は、どんなに凶悪な犯罪にも、時効という理不尽な制度が存在したのだ。その制度が大きく改正される動きは、これまでに二度あった。一度目が、平成十六年十二月の刑事訴訟法の改正で、このとき公訴時効期間が延長されたのである。殺人や強盗殺人などの死刑に相当する罪の時効は、それまで犯罪発生から十五年と規定されていた。それがこのとき、二十五年まで延長されたのである。

しかし、この時点における改正では、遡及《そきゅう》適用については規定されておらず、改正法施行前に犯した罪の公訴時効については「従前の例による」と規定されていた。ちなみに、改正された法律の施行日は、平成十七年一月一日だった。

そして、平成二十二年四月二十七日に公布施行された刑法及び刑事訴訟法の一部を改正する法律により、人を死なせた罪であって、法定刑の最高が死刑に該当する罪に

ついては、公訴時効が廃止され、公訴時効が完成することはないと規定されたのだった。法定刑の最高が死刑に当たる罪とは、殺人、強盗致死、強盗強制性交等致死、往来危険による汽車転覆等致死、水道毒物等混入致死、航空機強取等致死などである。

相楽が感慨深げにつぶやいた。

「偶然とはいえ、犯人は胸を撫《な》で下ろしただろうな」

「ええ、犯罪の発生があと一日遅れていたら、門脇夫妻を殺害した犯人は、いまだに死刑に怯《おび》え続けていたはずですからね。――残念ながら、この線は、やはりあり得ないと言わざるを得ませんね」

香山と相楽がため息を吐いたのは、まったく同時だった。

二人は再び歩き出した。

四

米良は家宅捜索の手を休めると、溝田真輝子の部屋の中を見回した。

彼は、部下の捜査員たちや鑑識課員とともに、朝一から被害者の自宅の捜索を行っていたのである。

間取りは四畳半と六畳の部屋があり、ユニット・バスとトイレが備わった2DKだ。

女性の一人暮らしなら、普通はこの程度のスペースでも十分だろう。だが、二つの部屋の壁際には大きな本棚が設《しつら》えられていて、そこに驚くほどの冊数の本が並んでいる。本棚の脇に置かれたデスクにも、何十冊もの本と大型のパソコンが置かれていた。

若い女性の部屋といえば、カラフルな色や装飾の家具類、姿見の鏡台と驚くほどの種類や数の化粧品、洋服などを連想してしまうものだが、この部屋には、そうしたものがほとんど見当たらない。まさに、研究だけに没頭するためのスペースと言えるかもしれない。キッチンも、必要最小限の鍋《なべ》や食器類があるだけで、生活感というものがほとんど窺《うかが》えないのだ。

「それにしても、凄《すご》い量の本ですね。床が、よく抜けないもんだな」

傍らで作業を続けている立川が、感に堪えないという口ぶりで言った。

「ああ、これがそこらの木造アパートだったら、いまごろ確実に床が抜けるか、階下の部屋のドアが開かなくなっていただろう。俺たちとは、住む世界がまったく違うっていう感じだな」

膨大な本を見やりながら、米良も渋い顔つきでうなずく。

世の中には、様々な研究者がいて、それぞれの専門分野についての研究をしている。そんな理屈は分かっている。それでいて、実際には、どんな問題やテーマを、どんなやり方で研究しているのか。そして、その研究成果が、世の中にとって、いったいどのような意味があるものなのか。一般人には、まったく想像の及ばない世界と言わざるを得ない。だいいち、一人の人間が、これほどまでに大量の本に、すべて目を通すことが本当にできるものなのだろうか。

署の同僚たちには内緒にしているが、米良は《時代小説》の密《ひそ》かなファンだった。中でも、池波正太郎《いけなみしょうたろう》と藤沢周平《ふじさわしゅうへい》を贔屓《ひいき》にしている。それでも、仕事の合間を縫って読み切る文庫本は、ひと月にせいぜい一冊が限度なのだ。この前やっと読み終わったのは、藤沢周平の小説だった。遠島から赦免になって戻った男が殺されて、その一件の真相を、元凄腕《すごうで》の岡っ引きだった版木彫りの男が探るという、ミステリーもどきの物語である。

「ともかく、事件と結び付きそうなものを探すんだ」

米良が思い直して言うと、立川を含めた四人の捜査員がうなずき、作業を続行する。しかし、まだ他殺であることが判明していないうえに、たとえ他殺だったとして、動機がまったく分からない現状で、《事件と結び付きそうなもの》とは、いったい何だろう。米良がそう思ったとき、立川がデスクに置かれたパソコンに近づいた。被害者は研究者だったのだから、パソコンのハードディスクやＵＳＢに、それらの研究内容が残されているはずだ。

米良は腕時計に目をやると、おもむろに立ち上がり、立川に声を掛けた。

「俺は、念押しの《地取り》に回ることにするから、ここを頼むぞ」

立川が顔を向けてうなずいた。

「了解しました。ここが終わったら、駐車場に停められている被害者の自家用車の中も調べてみます」

「ああ、そうしてくれ」

言うと、米良は玄関に向かった。

防犯カメラに映っていた不審人物の写真をマンションの住人たちに見せて、改めて話を聞く必要があるのだ。

五

「まったく、何てひどい話なのかしら――」

憤懣《ふんまん》やるかたないという面持ちで、市村寿子《いちむらとしこ》教授が吐き捨てるように言った。

歳は、五十代半ばくらいだろう。日本人離れした、大きな二重の目。鼻も唇も大きい、色白のふくよかな顔。胡麻塩《ごましお》の長い髪には、やや若造りにも思える茶色のカチューシャをつけている。かなり太り気味の体型で、細かいビーズをびっしりと縫い付けた、小豆《あずき》色のスーツ姿だ。彼女は、溝田真輝子の専任が決まった大学の文学部教授である。

「ご心痛のほど、お察し申し上げます」

中年女性を苦手とする三宅が黙り込んでいるので、増岡は仕方なく言った。三人は、本棚の前に置かれたソファで対座している。真輝子の墜落死について捜査していると切り出したところだった。

彼女の研究室は、河島健一の整理された研究室よりも狭かったものの、本の量は遥《はる》かに多いだろう。壁際のスチール製の本棚に、英語ではない横文字タイトルの本が雑然と並んでおり、サイドデスクの上にも展覧会図録が堆《うずたか》く積み上げられている。

「――真輝子ちゃんは私の後輩で、院生の頃から、この研究室にもよく顔を出していたし、私の授業にも出ていたのよ」

「それで、先生からも話をお聞きしたいと思いまして」

「どうぞ、どうぞ。あの子のためなら、どんなことでもお話ししますよ」

その言葉に、増岡は三宅と顔を合わせた。

三宅が、俺はまだ無理だという顔つきをしている。

溢《あふ》れんばかりに本が詰まっている本棚を見回してから、増岡はおもむろに続けた。

「ちなみに、先生のご専門は、どの辺りでしょうか」

「私のこと？　私は西洋のルネサンス期からマニエリスム期の西洋絵画が専門よ」

「西洋絵画ですか」

作り笑いを浮かべて、増岡は曖昧《あいまい》に頷《うなず》く。

気をよくしたのか、寿子が続けた。

「あなたは、ティツィアーノ・ヴェチェッリオをご存じかしら」

増岡の作り笑いが、固まる。《てぃつぃあーの》とは、いったい何者だろう。

その思いを察したように、寿子が言った。

「イタリア人の画家だけど、日本人にはあまり馴染《なじ》みがないかもしれないわね。わりと知られている作品といえば、《ウルビーノのヴィーナス》かしら――」

三宅がわざとらしく咳払《せきばら》いした。早く聞き取りを始めろ、という催促だ。

「市村先生、溝田真輝子さんのことなんですけど」

話の腰を折らないように、増岡は手帳とペンを手にして恐る恐る切り出した。

「ああ、そのことでいらしたんだったわね。――で、私から何を聞きたいの」

「溝田さんは、どういう方だったんですか」

「しっかりした人だったわ。院生の頃から研究者になるために、相当な努力をしていたもの。ペーパーの数も多かったし」

「ペーパーって、何ですか」

増岡は首を傾げる。

「論文のことよ。それに元々頭が良かったし、研究のセンスも良かった」

河島健一と同じことを言う、と彼女は思った。

「私はまったくの門外漢なんですが、研究のセンスがいいというのは、どういう意味なんですか」

寿子がかすかに歯を見せた。

「あなたも、美術品くらい見たことあるでしょう」

「ええ、もちろんありますけど」

「でもね、あなたは、本当は見ていないのよ」

どういうことだろう？　何を言っているのか、まったく意味が分からない。

彼女が続けた。

「つまり、普通の人は、美術品に目を向けているだけ。言わば、眼球の網膜に、美術作品の画像が映っているだけということ。でも、研究者は違う。意識的に美術作品に視線を向けて、そこに隠された秘密を探り出そうとする。どこに解明の糸口があるのか。何か手掛かりになるものはないか。作者が無意識に制作の意図を曝《さら》け出している部分はないか。そんなふうに執拗《しつよう》に探し回るわけ。その目の付け所のいい人、誰よりも早く要《かなめ》となる部分を探り当てられる人が、研究のセンスがいいということなの」

「なるほど。——ともかく、溝田さんは、こちらの大学の専任に正式に決まったわけですよね」

増岡は、慌てて話を本筋に戻した。

「ええ、論文や学会発表などの業績審査は申し分なかったし、非常勤講師としての実績も十分過ぎるほどだったから、教育歴もまったく問題なかったわ。最終面接で模擬授業もしてもらったけど、そちらも完璧《かんぺき》だった」

「模擬授業？　大学教員の面接って、そんなことまでするんですか」

「当然でしょう。いくら研究者として優れていても、学生の教育が出来なければ、専任教員としては使い物にならないじゃない。私を含めた面接委員五名の前で、彼女には、近代日本洋画についての概説の講義を、十五分ほどしてもらったのよ」

「ちなみに、こちらの審査で溝田さんが専任に決まったのは、何時《いつ》ですか」

三宅が同じことを訊いたとき、河島が失念していた点である。被害者の《鑑》の一つとして、絶対に明確にしておかなければならない。

「ああ、それなら、四月十七日よ」

研究室の壁に掛けられている一年カレンダーに目を向けて、寿子は当然という顔つきで言った。

増岡もカレンダーに目を向けたものの、四月十七日には何の印も付いていなかった。

「よく覚えていらっしゃいましたね」

「手品でも何でもないのよ。専任講師の人事は教授会の審議事項で、教授会に参加している専任講師を含めた全教員の投票で決まるものなの。だけど、新年度の始まる四月の一週目と二週目は、入学式と二年次以上の学生たちの各種のガイダンスが断続的にあるし、最初の授業も始まるから、今年度最初の教授会は四月十七日だったのよ」

なるほど、と増岡はうなずき、質問を続けた。

「先ほど、溝田さんが院生の頃からこの研究室に出入りしていたとおっしゃいましたけど、確か、彼女の専門は日本美術史ですよね。それが、どうして西洋美術史の市村先生の授業に出ていたんですか」

「それは、この大学と彼女の通っていた大学——私にとっても母校だけど、単位互換をしていたからなの」

「単位互換？　それは何ですか」

「別の大学で修得した単位を、自分の大学の卒業単位に算入してくれる制度のことよ。それに、真輝子ちゃんは確かに日本美術史が専門だったけど、自分の研究テーマとして、日本人の洋画家に注目していたから、本格的な西洋絵画についても、きちんと学んでおきたかったんだと思う」

言いかけて、ふいに寿子の顔つきが変わった。

「どうかなさったんですか」

「いいえ、彼女のことで、いまふと思い出したことがある」

「どんなことですか」

「あの子が妙なことを質問して来たことがあったのよ。ティツィアーノの技法を、ちゃんと教えて欲しいって」

「どうして、そんなことを知りたがったのか、溝田さんは話していましたか」

「理由は言わなかったわ。その代わり、院生だったときに私の授業でティツィアーノの技法について講義を受けたけど、昔のことでうろ覚えなので、もう一度、詳しく教えて欲しいと言って来たの」

「それで、教えられたんですか」

「ええ。可愛い後輩から頼まれれば、嫌とは言えないでしょう」

「そのとき、溝田さん、何か言っていましたか」

「いいえ。私が一時間ほどもかけて説明したら、顔色を変えて手帳にメモを取っていたけれど。――あっ、そうじゃない。私の説明が終わったとき、一言だけ変な独り言を口にしていたっけ」

「変な独り言？」

寿子がうなずき、言った。

「《池大雅《いけのたいが》だけじゃないってことか》と、そう言ったのよ」

「池大雅って、何者ですか」

「あら、あなたって、その程度のこともご存じないの。江戸《えど》時代のとっても有名な文人画家なのよ」

言われて、増岡は冷や汗をかき、慌てて言った。

「あいにくと、そっち方面にはからっきし縁がないもので。それはともかく、溝田さんは、どうしてその文人画家のことを持ち出したんでしょう」

「さあ、詮索《せんさく》してみなかったから、分からないわ」

「そうですか。それは、いつ頃のことですか」

「そうね。三か月くらい前だったと思う」

「三か月くらい前とは、具体的に何日のことでしたか」

寿子がまたしてもカレンダーに目を向けた。

「えーと、三月二日だったわね」

増岡もカレンダーに顔を向けた。

三月二日の日付が赤ペンの線で丸く囲まれており、その下に小さく《ミゾタ》と書き込まれていた。

すると、それまで黙していた三宅が、おもむろに口を開いた。

「市村先生、単刀直入にお訊《き》きします。溝田さんが墜落死されたことについて、どう思われますか」

「だから、さっきも言ったように、まったくひどい話だとしか言いようがないわ。あんなに優秀で真面目な人が、マンションの非常階段から墜落するなんて。研究の世界にとっても、大きな損失と言わざるを得ないわ。ここの専任の募集のことにしても、私が彼女に知らせてあげて、それがようやく決まって、五月に二人で祝杯を挙げたのよ」

「なるほど、だったら、溝田さんが誰かと揉《も》めていたとか、恨まれていたとか、そういったことをご存じありませんか」

その言葉に、寿子の顔つきが変わった。

「もしかして、警察は、真輝子ちゃんが誰かに突き落とされたって考えているってことなのかしら」

「一つの可能性です。むろん、現段階で断定するには、まだまだ材料が乏しいので、事故や自殺の可能性も捨てていません」

三宅の説明に、彼女が黙り込んだ。そして、じっと何かを考えていたが、やがてこちらに目を向けた。

「あの子に限って、自殺は絶対にあり得ない。私が保証してもいい」

「事故だとお考えですか」

「彼女は、そんな迂闊《うかつ》な人じゃない」

「だったら——」

言いかけた三宅を、寿子の言葉が遮った。

「誰かと揉めていたとか、恨まれていたとか、そういうことは何も聞いていないけど、相談されたことならある」

「相談された？　いったい何をですか」

「もしかしたら、命を狙われているのかもしれないって——」

三宅が黙り込む。

増岡も言葉が見つからない。

すると、低い声で寿子が続けた。

「といっても、真輝子ちゃんは、半分くらい冗談で言ったのかもしれない。そんな口ぶりだったから——いいえ違う。いま思うと、本当は深刻な気持ちだったような気がする。だけど、私に心配を掛けまいとして、わざと冗談めかして言ったんだ、きっとそう。気が強い人だったけど、あの子は思いやりがあったから」

「いったい、どういうことですか。もっと詳しく説明してください」

増岡は思わず言った。

寿子が外国人のように肩を竦《すく》める。

「その話は、一か月半くらい前に出たことなのよ。ここの大学の専任が決まって、真輝子ちゃんがお礼の電話を掛けて来た。そのとき専任の話が一段落して、世間話をしていたら、ふいに《もしかしたら、命を狙われているのかもしれません》って彼女が切りだした。私も吃驚《びっくり》して、それってどういうことって訊いたら、真輝子ちゃんはこう言ったの――」

寿子は、真輝子から聞いた内容を語り始めた。

真輝子の身に不可解な事態が降りかかったのは、今から三か月くらい前の夜だった。都内の私立美術館から依頼されていた定期講演会からの帰りに、船橋駅から自宅のマンションへ向かっていたとき、彼女が道路を横断しようとして歩道から車道へ出ると、いきなり乗用車に轢《ひ》かれそうになったという。しかも、その車はヘッドライトを点《つ》けていなかったために、直前までまったく気が付かなかった。

「――たぶん、その乗用車はハイブリッドだったんじゃないかしら。ほら、ガソリン車と違って、あの手の車は低速走行だと、近くに来るまで走行音がほとんどしないでしょう。それはともかく、真輝子ちゃんは寸前で気が付いて、危ういところで車をかわして事なきを得たのよ。すると、その車はまるで逃げ出すみたいに、無灯火のままスピードを上げて走り去ってしまったんですって」

「三か月くらい前って、具体的には何時《いつ》のことだったんですか」

増岡の言葉に、寿子が考え込んだものの、すぐに言った。

「確か、三月三日だったと話していたわ」

「だったら、溝田さんがこの研究室を訪れた翌日ですね」

「ええ、そういうことになるわ」

増岡は、三宅と顔を見合わせた。

その三宅が、かすかに首を傾げる。今回の墜落の一件と、どう繋《つな》がるのかを考えあぐねている顔つきだった。確かに、増岡もこれまでの人生の中で、車に轢かれかけたことくらい、一度や二度はある。だから、その出来事も、偶然ということは十分にあり得る。

いいや、待って。

増岡は、一つの事実を思い出す。真輝子が墜落死した夕刻、付近を巡回した警官が、駐車場の入口から十数メートルほど離れた路上に駐車している軽ワゴン車を見かけた。そして、警官が職質しようと近づくと、車は無灯火のまま いきなり発進して走り去ってしまったのだ。しかも、その車は松戸で奪われた盗難車だったという。この二つのエピソードには共通点がある。

無灯火だった――

逃げるように急発進している――

増岡がそう思ったとき、寿子が言葉を続けた。

「しかも、真輝子ちゃんが身の危険を感じたのは、その一度だけじゃなかったの」

「まだあったんですか」

「本当ですか」

増岡と三宅の声が重なってしまった。

寿子が渋い顔つきでうなずく。

「その電話を掛けてきた一週間ほど前にも、別の出来事があったんですって――」

そう言うと、彼女は説明を続けた。千葉県内の大学で一限目からの授業があったため、その日、真輝子は船橋駅へ向かった。総武《そうぶ》本線の船橋駅は朝のラッシュアワーで、ホームは乗降客で溢《あふ》れていた。彼女はホームの最前列に立ち、車両が入って来るのを待っていた。いきなり背中を強く押されたのは、総武本線の車両が轟音《ごうおん》を響かせてホームに入ってくる直前だったという。

「――危うく線路に落下しかけたとき、隣に並んでいたサラリーマン風の男性が、彼女の腕を摑《つか》んで助けてくれたんですって」

「それで、溝田さんの背中を押した人物は見つかったんですか」

三宅が、我慢しきれなくなったように口を挟んだ。

寿子がかぶりを振る。

「いいえ、見つからなかった。間一髪のところを助けられて、真輝子ちゃんは呆然《ぼうぜん》となってしまい、はっと気が付いて背後を振り返ったものの、ホームは乗降客で溢れ返っていたらしいの」

増岡は、三宅と顔を見合わせた。一か月半の間に、同じ人間が二度も命の危険を感じる事態に巻き込まれることが、はたして偶然だろうか。

「市村先生、そのホームでの出来事があったのは、何時《いつ》だったんですか」

「何日って言っていたかしら。——あっ、そうだ、四月十日だったわ。ともかく、その話を聞いたとき、すぐに警察に行った方がいいって、私は彼女に勧めたのよ。でも、大丈夫ですからって笑って、言うことを聞かなかったのよ。——あのとき、無理やりにでも警察に連れて行けば、こんなことにならなかったかもしれない」

顔をしかめて、寿子が首を振った。

その後、二人は一時間近くも寿子からの聞き取りを続けた。だが、それ以上の収穫はなかった。

「先生、お忙しい中、ご協力いただき、本当にありがとうございました」

増岡はソファから立ち上がると、丁寧に頭を下げた。

「ありがとうございました」

三宅も頭を下げた。

「かまいませんよ。それよりも、一刻も早く事件の真相を解明してちょうだい」

「全力を尽くします」

増岡が言い、席を離れようとした。

すると、三宅が足を止めた。かすかに迷うような顔つきだったが、ポケットからあるものを取り出し、寿子に向き直った。

「先生、最後にもう一つだけ。この写真を見ていただけますか」

三宅の差し出したものを見た寿子の目が、大きく広がった。

「だったら、溝田真輝子さんの自宅を訪れていた男性は、この人物で絶対に間違いないんですね」

米良は手にした写真を、若い女性の顔にさらに近づけた。

「ええ、間違いありません」

真輝子の隣家のドアから顔を覗《のぞ》かせて、若い女性が真剣な表情でうなずく。

彼が手にしている写真は、真輝子が墜落死した日の午後、このマンションを出入りした不審な若い男性の画像をプリントしたものである。被害者宅の家宅捜索を立川たちに任せて、マンション住人たちへの再度の聞き込みに取り掛かり、最後にこの女性を訪ねたところだった。

写真に写っている若い男性は一重の目が鋭く、唇も薄い。端整な容貌《ようぼう》だが、どこか冷たい印象を与える外見である。

米良は、勢い込んで続けた。

「昨日、別の捜査員が聞き込みに来たとき、溝田さんがこの男と言い争いになったとお答えになられましたよね」

「ええ、そうですけど」

「そのときの様子、もう少し詳しく教えていただけませんか」

「詳しくって言われても、別に立ち聞きしていたわけじゃないし、三か月くらい前なので、はっきりと覚えていないんですけど」

「そこを何とか、記憶を甦《よみがえ》らせていただけませんかね」

米良は食い下がった。

うーん、と若い女性は唸《うな》り、考え込んだが、ふと顔を上げた。

「そう言えば、溝田さんが、何か大声で怒鳴っていたと思います」

「怒鳴っていた？　それはどんなことですか」

「えーと、確か、《そんなことをして、恥ずかしいと思わないの》と言っていたんじゃなかったかしら」

米良は黙り込んだ。

真輝子のもとを頻繁に訪れていたというこの男性は、たぶん恋人だと考えていいだろう。そんな相手に彼女が《そんなことをして、恥ずかしいと思わないの》と怒鳴るのは、いったいどんな状況だろう。浮気でもしたのか。

そう考えながら、彼は質問を続けた。

「それで、相手の男性は何か言い返しましたか」

若い女性は考え込んだものの、やがて首を横に振った。

「いいえ、何も言い返さなかったと思います。その後、ドアを叩《たた》きつけるような音がしましたから、部屋から出て行ったんじゃないかしら」

六

二回目の捜査会議は、午後九時半から始まった。

冒頭、米良の指名で、被害者の溝田真輝子の自宅マンションと駐車場に置かれていた彼女の車を捜索した班が立ち上がった。三名の捜査員と鑑識課員である。

その中の立川が口を開くのを、増岡はじっと見つめる。

「本日、被害者の自宅と自家用車内の捜索を行いました。現状、彼女の死亡の原因が自殺なのか、事故なのか、あるいは他殺なのか、決め手を欠いておりますので、何が本件と関連するのか見当もつきませんでした。したがって、いま挙げた三つの可能性に繋がりそうなものは、すべて確保するという方針を取りました。しかし、自殺を匂わせるようなものは何一つ発見できませんでしたし、事故についても同様でした。ただし、殺人に関連しては、一つだけ気になる事実が判明しました」

「どんな事実だ」

上座に鎮座している太った捜査一課長が、気忙《きぜわ》しげに言った。

「溝田さんが行っていた研究に関するデータやメモ、資料の類《たぐい》がまったく見当たらないことです」

途端に、講堂がざわめきに包まれた。

幹部席の人々も、眉間《みけん》に皺《しわ》を寄せて囁《ささや》き交わしている。

立川が続けた。

「最初は、どこかにあるだろうと考えました。しかし、ノート類がまったく見当たらないことに気が付いて、フラッシュメモリーやパソコンのハードディスク内についても、すべて調べてみましたが、研究に関するデータや画像が何一つ発見できませんでした。その時点で、ますます疑念が募り、家宅捜索に参加していた捜査員たちや鑑識課員にも声を掛けて、再度、室内を徹底的に捜索してみました。本棚、押入れの中の段ボール箱、戸棚など、デスクの引き出しの奥も隅々まで確認しました。しかし、紙焼きの写真やフィルムすら一点も見当たりません。——私たちは美術史の研究が具体的にはどういうものかは分かりませんが、美術作品を研究するからには、そうしたデータや画像というものが、絶対に必要なのではないでしょうか」

立川の言葉が終わると、室内が再びざわつく。

それを制するように、米良自身が口を開いた。

「私からも、いまのことに関連して、一つ気になる点についての報告があります。昨日の捜査会議で報告のあった、防犯カメラに映り込んでいた不審人物についてです。そのうちの若い男性について、本日、プリントを持参して、マンションの住人一人一人に確認してみたところ、三か月前まで頻繁に溝田さん宅を訪れていた男に間違いないと、被害者の隣家の女性が断言しました。しかも、昨晩の捜査会議で香山巡査部長から報告があったように、三か月くらい前に、この男と溝田さんが激しく言い争うのを彼女は耳にしています。その点について、さらに詳しく聞き取りをしたところ、被害者が相手に向かって、《そんなことをして、恥ずかしいと思わないの》というようなことを怒鳴っていたとの証言を得ました」

言い終わると、米良は間髪を容《い》れずに言った。

「次に、昨日の積み残しの件、六月五日のマンション内の人々の動きについて、大規模修繕とエレベータの定期点検に関わった作業員や職人の聞き取りを行った組——」

「私たちです」

下座の最前列に座っていた二人が、勢いよく立ち上がった。若手の二人組で、スポーツでもやっているのか、どちらも髪を短く刈り込み、長身で日焼けしている。そのうちの眼鏡を掛けた方が手帳を見ながら口を開いた。

「昨晩、鑑識課員より、大規模修繕の監督者と職人、それにエレベータの定期点検の作業員などについて、マンションへの出入り状況を確認すべきという提案がありました。そこで、私たちは、今日一日をかけて、それらの人々すべてに当たり、一人一人の行動と出入りの状況について聞き取りをいたしました。大規模修繕には、総計で八名の監督者と作業員が携わっており、エレベータの点検については、二名の作業員が取り組んでいました。しかし、いずれも不審な動きをしたと考えられる人物はおりませんでした。ちなみに、監督者は鍔《つば》付帽子を被《かぶ》り、薄水色の繋《つな》ぎという作業服姿でしたが、小太りではありません。しかも、マンションへの出入りは、常に非常階段側の鉄扉を、合鍵《あいかぎ》を使用して出入りしていたとのことでして、玄関からは一度も出なかったと証言しました」

「だったら、防犯カメラに映っていたという、似たような服装の小太りの男は、いったい誰なんだ」

捜査一課長が不機嫌そうに声を上げた。

「少なくとも、聞き取りをした中に、該当すると考えられる人物は含まれておりませんでした。それから、五階の非常口の鉄扉のノブから検出された複数の指紋についてですが、すべての照合が完了しました。被害者のものを含めて、検出された指紋は、マンション住人たちと大規模修繕の関係者のものばかりで、それ以外の人間のものは、いっさい含まれておりません」

捜査一課長が渋い顔つきで黙り込んだので、米良は言った。

「次に、被害者の《鑑取り》について、三宅と増岡、報告しろ――」

その言葉に、隣の三宅が立ち上がる。

増岡もすぐに起立する。

いつものように煙草の袋を破った紙に目を落としながら、三宅が報告を始めた。千葉県内の大学の准教授河島健一からの聞き取りの内容を説明すると、彼は言葉を続けた。

「つまり、来年の四月から、都内の大学の専任講師になれる予定だった溝田さんには、自殺する動機がまったく見当たらないということです――」

そう言うと、三宅は、河島が口にしていた専任講師というものの破格の待遇や、それと比較して非常勤講師の厳しい状況についての説明を加えて、さらに話を続けた。

「――ちなみに、被害者が専任講師の募集に応募して、最終的に専任の座が決まったのは、この四月十七日のことだったそうです。その後、私と増岡は都内へ向かい、溝田さんの大学の先輩で、彼女の本務校となるはずだった大学の教授である、市村寿子先生から聞き取りをいたしました――」

そう言うと、三宅が聞き取りした内容をかいつまんで説明してゆく。専任講師の審査や面接の内容。大学院生の頃から、被害者が寿子の研究室に出入りし、単位互換している授業を受けていたこと。そして、三月二日に研究室を訪れて、《ティツィアーノの技法》についての教えを受けたこと、その際に《池大雅だけじゃないってことか》という妙な独り言を口にしたことまで説明すると、声を大きくして続けた。

「――ところが、この後、市村教授から驚くべき事実を聞き出しました」

「それは何だ」

米良が声を張り上げた。

「被害者がマンションの非常階段から墜落死する以前にも、二度にわたって生命の危険に晒《さら》されていたという事実です」

講堂内が大きくどよめいた。

それを押し退《の》けるように、捜査一課長が大声で怒鳴った。

「どういうことだ、詳しく説明しろ」

「は、はい――」

三宅が汗をかきながら、寿子からの聞き取りを説明してゆく。

三月三日の夜分、船橋のマンション近くの路上で、無灯火の車に轢《ひ》かれかけたこと。さらに四月十日の朝、JR船橋駅のホームに電車が入ってきたとき、背中を押されてホームから線路に落ちかけて、隣にいた男性から間一髪で救われたことを付け加えると、彼はメモから顔を上げて言った。

「――しかも、例の防犯カメラに映っていた若い男性――ただいま、米良係長が報告した隣家の女性が見かけたという人物のことですが、その顔写真を市村教授に見せたところ、身元を知っていたんです」

「いったい何者だ」

一転して、捜査一課長が興味を引かれたという口調で訊《き》いた。

「宮崎肇《みやざきはじめ》という人物です。ちなみに、宮崎は三十歳で、溝田さんと同じ大学院の修士課程を修了しており、現在、いくつかの大学の非常勤講師をしているそうです」

「どうして、市村教授は宮崎を知っていたんだ」

「宮崎も溝田さんと同様に、市村教授の後輩に当たり、彼女のいる大学が公募した専任講師の口をめぐって、溝田さんと最後まで競った候補者だったからです。しかも、宮崎は被害者とまったく同じテーマを研究しているそうです。専任講師の募集に際して、市村教授は彼の履歴書にも目を通していますし、最終面接でじかに顔を合わせていますから、間違いないと思われます」

再び講堂がざわめきに包まれた。

そのとき、香山が手を上げていることに、増岡は気が付いた。

「香山、何だ？」

米良が言った。

「私と相楽警部補は、本日、溝田真輝子さんの妹である福田美千代さん夫妻と面談しました。そして、ただいま報告があった点について、検討材料になり得ると考えられる証言を得ました」

「言ってみろ」

香山と、隣に座していた相楽が起立した。

二人は目配せを交わし、相楽が口を開いた。

「福田さんによれば、溝田さんは毎週金曜日、市内の老健施設にいる母親を見舞うことにしていたとのことです。また、大学院の頃、男性と付き合っていた可能性があるとも話していました。ただいまの米良係長と三宅巡査長からの報告内容を勘案すると、その交際相手が宮崎だった可能性は十分にあると思います。それはともかく、一か月半ほど前、溝田さんは福田さんに電話して、三つの吉報を伝えました——」

真輝子が妹に話した内容を、相楽が説明してゆく。三月末に数多くの申請者たちの中から選抜されて、佐島美術財団の奨学金の採用者に選ばれ、興奮気味に知り合いにまで知らせたということ。二月から続けてきた研究で、凄《すご》いことを発見して、その内容を六月十日に、千葉県立近代美術館と佐島美術財団の共催する記念講演会で口頭発表することにもなっていたことを述べると、相楽はさらに言葉を続けた。

「――ちなみに、その翌日から千葉県立近代美術館で始まる新収蔵品展において、彼女が研究した作品が初公開される予定にもなっているとのことです。その研究内容は、千葉県立近代美術館が半年前に購入したという門脇修太郎の未発表作品についての分析だったとのことです」

「門脇修太郎だと――」

捜査一課長が、珍しく素《す》っ頓狂《とんきょう》な声を発した。

すると、若い署長がもの問いたげな顔を横に座している彼に向けて、何か囁《ささや》いた。彼が深々とうなずき、管理官の警視に顔を向けた。

「今回の一件と何の関係もないが、門脇修太郎の一件を知らない者もいるだろう。おまえから、かいつまんで説明してやれ」

はっ、と警視がうなずき、口を開いた。

「門脇修太郎は世界的な洋画家で、夫妻で印旛沼《いんばぬま》に近い成田郊外の自宅兼アトリエで暮らしていた。ところが、私の記憶に間違いがなければ、平成七年の春頃、夫婦は何者かに惨殺されてしまった。しかし、現場が隣家から相当に離れた田舎の一軒家だったために、遺体が発見されたのは死後二週間以上も経過してからだった。ただちに強盗殺人事件として、成田署に捜査本部が設置されたものの、残念ながら有力な容疑者一人浮かび上がらず、特別捜査本部は解散となり、平成二十二年四月二十六日に時効が完成してしまった。これが事件のあらましだ」

警視の言葉が終わるのを待っていた米良が、相楽に言った。

「相楽警部補、先を続けてくれ」

「はい——三つ目は、三宅巡査長の報告にも含まれていたように本務校が決まり、来年度から専任講師になれることになったという知らせでした。ただし、その電話を切る間際、溝田さんは奇妙なことを口走ったとのことです」

「奇妙なこと？　いったい何だ」

「妹の福田さんは、こう言いました。《姉は、こんなことを美術史の論文で発表していいのかしらって、そう言ったんですよ》と」

「その福田さんの証言が、三宅たちの得た証言とどう関わってくる」

捜査一課長が、先を促すように言った。

相楽が、香山に顔を向けた。

香山はうなずき、口を開いた。

「これはまだ推測の段階に過ぎませんが、溝田さんと付き合っていたのが、いま名前の出た宮崎だとしたら、二人は三か月前の三月頃に、現場マンションの部屋で言い争いをしたことになります。その原因は不明ですが、二人とも門脇修太郎について研究していたのなら、それが争いの発端だった可能性も考えられるかもしれません。ともかく、その後、六月五日まで、宮崎があのマンションに姿を現さなかった経過から鑑《かんが》みて、二人は喧嘩《けんか》別《わか》れしたものと推測できるでしょう。

その宮崎が大学の専任講師の座を最後まで争い、溝田さんに敗れた。そして、六月五日の午後四時頃、あのマンションに再び姿を現し、午後五時頃にマンションを出ている。これらの状況から鑑みて、彼は溝田さんに、何らかの抑えがたい意趣を含むところがあって、アクションを起こしたという推定が導き出せるのではないでしょうか」

「おい、ちょっと待て。宮崎が意趣を含むというのなら、おまえは、溝田さんが墜落死する以前に、二度まで身の危険を感じたという事態までも、そいつの仕業だったと見るわけか」

捜査一課長の声に、興味をそそられたという響きが籠《こも》っていた。

「そのことです、私がここで指摘したかったのも」

「どういうことだ、分かるように説明しろ」

「はい。いま一課長が口にされた解釈は、一見、筋が通るように見えます。ところが、いくつかの点で無理があるのではないでしょうか。溝田さんに大学の専任の座を奪われたことで、宮崎が憎しみを募らせるとしたら、専任の座が彼女に確定した四月十七日以降のはずでしょう。しかし、彼女が車に轢かれそうになったのは、三月三日の晩ですし、船橋駅のホームから突き落とされかけたのは、四月十日の朝でした。

　つまり、この二つの出来事に関して、宮崎がクロという可能性は低いと判断せざるを得ません。喧嘩別れや研究をめぐる揉《も》め事を想定すれば、その可能性は皆無とまでは言えませんが。しかし、それしきのことで、殺意まで抱くというのは、想像が飛躍し過ぎではないでしょうか。しかも、六月五日に宮崎が現場のマンションに出入りしたのは、厳然たる事実であるとはいえ、溝田さんが墜落死したのは、午後六時半頃です。防犯カメラに残されていた映像が物語るように、その時点で、この男はすでにマンションの玄関から出ていました」

「だから？　何を言いたい」

「つまり、溝田さんの周囲には、何らかの理由から殺意を抱いた複数の人間が存在していたのではないでしょうか」

　そのとき、「意見がありますー―」と野太い声が上がった。

「何だ、安田《やすだ》警部補」

　米良が指差した。

県警本部から派遣されてきている体の大きな中年の警部補が立ち上がった。獅子鼻《ししばな》の目のぎょろりとした男で、髪が薄くなりかけている。

「香山巡査部長の最初の指摘は、それなりに的を射ているように見えます。しかし、後者の点については、読みに抜けがあると思います」

安田の口調には、挑むような響きが籠っていた。

「どんな抜けだ」

「あのマンションは、非常階段の一階部分に、錠の付いたゲートがありません。つまり、非常階段には、外部から誰でも侵入できます。一旦《いったん》マンションの玄関から出た宮崎が、溝田さんの帰宅を密《ひそ》かに確認しておいてから、駐車場側へ回り、そこから非常階段を上って、六階の踊り場あたりに潜んで待ち伏せすれば、犯行は十分に可能なはずです。二人は付き合いがあったのですから、彼女が毎週金曜日に老健施設の母親を見舞う習慣も、知っていたと考えられます」

その意見に、講堂内がざわついた。

香山が立ち上がった。

「その推理には、二つも抜けがありますよ」

「どこに抜けがあるっていうんだよ。あるなら、言ってみろ」

安田が喧嘩腰《けんかごし》に言い返した。

　すると、香山がポーカーフェイスのまま言った。

「非常階段を利用して、六階の踊り場で溝田さんを待ち伏せすることは、確かに可能でしょう。しかし、彼女が非常階段を使って駐車場へ行くということを、宮崎はどうやって知ることができたというんですか。宮崎が被害者と付き合っていたのは、三か月前までですよ。一方、エレベータの定期点検が始まったのは、墜落が起きた日の二日前からです。また、宮崎が彼女を突き落としたとしたら、その後、いったいどこへ姿を消したのでしょう。非常口の鉄扉は、オートロックで錠が掛かる仕組みになっています。百歩譲って、マンション内に入って玄関から逃走したとしても、エントランス・ホールの防犯カメラにその姿がもう一度映り込んでいるはずですし、非常階段を下りれば、駐車場にいた明智俊彦さんと鉢合わせになります」

　その言葉に、安田が悔しそうな顔つきで黙り込んでしまった。

「ならば、香山は、今回の一件を他殺と断定するわけか」

　捜査一課長が冷然と言った。

「事故は、まずあり得ないでしょう。それに、妹にわざわざ電話で連絡してきた三つの吉報から考えても、自ら命を絶つような精神状態だったとは考え難《にく》いと思います。しかも、非常階段からの墜落に先立って、被害者が二度までも生命の危機に瀕《ひん》していた事実を加えれば、他殺の線がさらに濃くなるのではないでしょうか」

そのとき、鑑識課員が手を上げた。

「どうした」

「昨晩遅くに、県内の大学病院で被害者の司法解剖が行われて、司法解剖鑑定書が出ました。その内容が、ただいまの他殺説に関連してくる可能性があると思料されますので、ここで報告したいと思います」

米良がうなずいた。

監視課員が立ち上がった。そして、手元資料を読み上げ始めた。

「――被害者氏名、溝田真輝子。年齢、満三十歳。外因死の原因となった部位、性状は、頭部頭頂部の頭蓋骨《とうがいこつ》陥没骨折による、頭蓋骨、脳硬膜、くも膜、脳そのものの動脈並びに静脈の断裂及び甚大な毀損《きそん》、及び脳髄と頭蓋骨周囲の血管の断裂が認められ、頭蓋部分の毀損は頭蓋骨周囲二十八センチに及んでいます。この結果、被害者は即死だったものと断定されます。そのほかの体部の損傷について、掌、両腕の骨折、腰、膝《ひざ》、腹部に若干の擦過傷が認められ、墜落した直後に体が二次的にコンクリートの地面に触れて創傷したものと推定されます。背骨、大腿骨《だいたいこつ》にも、一部骨折が認められます。その他の防御創や爪の間に残存した異物などは検出されませんでした。ただし、血液検査を行ったところ、被害者は重篤な事態に発展しかねない、危険な食物アレルギーを起こしていたことが判明しました」

その最後の言葉に、捜査一課長が、驚いたように怒鳴った。

「どういうことだ、詳しく説明しろ」

「つまり、非常階段から墜落した時点で、溝田さんはアナフィラキシー・ショックの状態にあったと考えられます。この状態は雀蜂などの毒虫に刺されたときにも生じますが、アレルギー物質などの食べ物の摂取でも生じて、呼吸困難、不整脈、意識の混濁などの重篤な症状を引き起こし、死に至るケースも珍しくありません」

「彼女は、そんな状態で非常階段から落下したというのか」

「墜落時、ショック状態がどの程度まで進行していたのか、現段階で判断はつきませんが、体内でショック反応が起き始めていたことだけは間違いありません。ちなみに、司法解剖の結果によりますと、彼女の胃の内容物から、オートミールとともに蕎麦粉《そばこ》の成分が検出されています。つまり、溝田さんは夕食にオートミールを食べたものの、その中に彼女にとってのアレルギー物質である蕎麦粉が混入していたと考えられます。毒虫に刺された場合、アナフィラキシー・ショックは短時間で急激に発症しますが、食物アレルギーですと、通常それよりも緩やかに症状が生じるとされています」

その報告により、講堂内が蜂の巣を突《つつ》いたような騒ぎとなった。

増岡は落ち着かない気持ちで、周囲を見回す。

被害者が遭遇していた、二度にわたる命の危機。

自宅の徹底的な捜索にもかかわらず、門脇修太郎についての研究のデータや関連資料が見当たらない事実。

喧嘩別れして、大学の専任の席を競い敗れた宮崎肇が、墜落死の起きた当日の現場でニアミスしていた点。

実質的に密室状況にあった非常階段五階の踊り場で、目撃された不審な人影。

そして、いま鑑識課員が報告した、被害者のアナフィラキシー・ショックなどの事実は、どれも被害者の死が、他殺だと執拗《しつよう》に囁《ささや》きかけてくる。

それでいて、それらの点は、何一つ筋道の通った繋《つな》がりを見せていなかった。彼女の死は、まさに矛盾と不可解に満ちた謎の墜落死としか言いようがないのだ。

「ここで足踏みしていても、埒《らち》は明かんぞ。——鑑識、昨日の報告で、ハンドバッグ内の手帳から、被害者のスケジュールが判明したという点が含まれていたはずだ。その一覧表はできているのか」

捜査一課長の一喝で、ようやく講堂が静まった。

同時に、鑑識課員が慌てて立ち上がると、手にしていた一覧表のコピーを幹部席の人々と捜査員たちに配布し始めた。

増岡もそのコピーを受け取ると、その内容にすぐに目を走らせた。手帳に記されていたという過去のスケジュールは、日時と用件、心覚えのメモという簡単なものだったが、一月からの彼女の動きを知るうえで、極めて重要と思われた。
スケジュール表は、主なものとして次のように記されていた。

一月十日、　千葉県立近代美術館学芸員、早坂《はやさか》氏より、前年十二月十五日に新規購入の門脇修太郎作品についての連絡あり、その場で調査の依頼を打診。

二月八日、　かねて千葉県立近代美術館へ正式申請していた門脇修太郎作品の調査の許可が下りる。

二月十五日、　千葉県立近代美術館で調査、立ち会いは学芸部長五十嵐《いがらし》氏、早坂学芸員。連絡にあった通り、まったく未発表の作品に驚く。白眉堂《はくびどう》のカタログ・レゾネにも記録のない作品。研究のヒントにすぐ思い当たる。同所にて糀谷《こうじや》画廊の糀谷氏と、名刺を交換する。

二月十七日、　佐島美術財団に奨学金の申請を行った。研究テーマは、《門脇修太郎作品の制作工程と表現の特質について》

三月二日、　市村寿子先生の研究室を訪問。

三月十日、　最悪の日。あんな下劣な男とは知らなかった。

三月二十日、　佐島美術財団、奨学金候補者の面接を受ける。面接官は佐島昇《のぼる》会

長、——大学名誉教授葛城敬《かつらぎたかし》先生、——大学名誉教授種田《たねだ》道久《みちひさ》先生。

三月二十七日、佐島美術財団の奨学金採用者の通知が届く。

四月六日、記念講演会の演者の一人にも選ばれる。特別講演会は、六月十日。場所は千葉県立近代美術館内の大講堂。福は相次ぐという感じ。

四月十七日、——大学より専任として採用の通知を受け取る。やった！

また、彼女の携帯電話の通話記録も配布された。しかし、そこに今回の一件と関わってくるような疑わしい通話は見当たらなかった。

最後に、彼女のツイッターとインスタグラムの画像がプリントされたものが配布されてゆく。だが、こちらにも不自然なものは何もなく、ツイッターの記述も、彼女の日常を淡々と報告する内容になっていた。

増岡は、ツイッターの記述やインスタグラムの写真のコピーにも目を向ける。

真輝子も普通の女性のように、ツイッターやインスタグラムを楽しんでいたのだ。

コピーを一枚ずつ捲《めく》っていて、一つの画像で手を止めた。

鉄扉の開け放たれた非常口の外に、船橋市の夜景が写っている。

廊下の側面も写り込んでおり、非常口の手前の廊下から撮影したものと分かる。

アップした日付は、六月三日となっていた。

写真を見つめていた増岡の脳裏に、たったいま行われた白熱した意見のやり取りが重なった。

ふいに一つの考えが閃《ひらめ》いたのは、そのときだった。

「ほかに、意見のある者は」

米良が、捜査員たちを見回して言った。

増岡が手を上げかけたとき、安田警部補がいち早く手を上げていた。

「私はやはり、宮崎が絶対に臭いと思います」

「安田、その根拠は何だ」

捜査一課長が言った。

「宮崎には、具体的な動機があります。大学の専任講師の座を競って、溝田さんにその座を奪い取られたら、腹を立てても当然でしょう。まして、宮崎は被害者と喧嘩《けんか》して、《こんなことをして、恥ずかしいと思わないの》と怒鳴りつけられている。喧嘩の原因は調べてみないと分かりませんが、恋人からそんなことを言われたら、プライドがずたずたじゃないですか。つまり、複数の怒りが昂《こう》じた挙句の犯行と読めます。非常階段が一種の密室状態にあった点については、まだまだ多くの見落としがある可能性もあります。その調べを含めて、宮崎の内偵に、捜査陣の総力を結集すべきだと思います」

「それは時期尚早だと思います」

すかさず、香山が声を上げた。

「理由は？」

香山が立ち上がった。

「これまでの調べに、三宅巡査長が報告した市村教授の証言を加味すれば、先ほども指摘したように、溝田さんの周辺には、複数の不審な人間の動きが存在したことになります。しかし、その中に宮崎が関わった可能性がかなり希薄なものも含まれています。この時点で容疑者を宮崎一人に絞り込むのは、捜査の方向を誤る危険性がありまず」

「こっちにも別の意見があります」

立川が声を張り上げた。

「鑑識課から報告のあったアナフィラキシー・ショックも、無視すべきではないと思います。溝田さんが過失で蕎麦粉を摂取してしまったという可能性もありますが、何者かが混入した可能性も決して否定できません。宮崎は被害者と付き合っていたのですから、マンションの合鍵《あいかぎ》を持っていたという推定も、十分に成り立ちますし、溝田さんが蕎麦アレルギーであることや、非常勤のスケジュールも知っていたとも考えられます。つまり、彼女が自宅に不在の日時の目途も立つわけですから、その隙にこっそりと部屋に侵入して、オートミールに蕎麦粉を混入することができますし、研究のデータも盗めます」

「だったら、研究が殺人の動機になったって言うのか。彼女の専門分野は、単なる美術作品の研究だぞ。その程度のことで、人を殺すかよ」

安田が吐き捨てるように言った。

「断定しているわけじゃありません。無視できない要素だと言っているんです。それに、そっちがいま指摘したように、専任講師の座を奪われたという一件も重なっているじゃないですか」

「ちっとは頭を使え。その推定だと、宮崎って野郎は、オートミールに蕎麦粉《そばこ》を混入したうえに、非常階段の踊り場に出た被害者を突き落とすという、二度手間をかけたことになる。そんな悠長な殺人犯がいるかよ」

二人のやり合いのせいで、講堂が再び蜂の巣を突いたような騒ぎになった。

その時点で、増岡は意を決し、素早く手を上げた。

「意見があります」

「何だ、増岡」

米良の言葉で、彼女は立ち上がった。

「一課長、門脇修太郎と妻が巻き込まれたという強盗殺人事件のことを、私に調べさせてください」

静まりかけた講堂内が、再びざわつく。

隣で、三宅が心配そうに見つめている。

捜査一課長も驚きの顔つきになっていた。

「藪《やぶ》から棒に何を言い出す。はるか昔のことで、本件とは何の関わりもないぞ」

「そうでしょうか。先ほど配布されたスケジュールの一覧と、溝田さんの一月からの動きを、大雑把な時系列にしてみると、こうなります。二月十五日、千葉県立近代美術館で、未発表の門脇修太郎の作品を調査した。三か月ほど前の三月三日の夜分、船橋のマンション近くで、車に轢《ひ》かれそうになった。同じく約三か月前、彼女は宮崎肇と思われる男性と自宅で言い合いをした。そのとき、《そんなことをして、恥ずかしいと思わないの》と怒鳴っています。四月十日、朝の船橋駅のホームから突き落とされかけた。一か月半前、妹の福田美千代さんに電話を掛けて、佐島美術財団の奨学金の採用者に選ばれたこと、二月から手掛けていた研究で、凄《すご》い発見をしたこと、それに本務校が決まったことを伝えた。

そして、六月五日、午後六時半に自宅マンションの非常階段から墜落してお亡くなりになった。——いま色々な意見が出て、幾つもの筋読みが提言されましたが、よくよく考えてみると、これらはすべて、一つの出来事から始まっているように思われてなりません」

「何だ、その一つの出来事とは」

「溝田さんが、門脇修太郎の未発表作品を研究し始めたことです」

途端に、安田が口を挟んだ。

「ちょっと待てよ、いくらなんでも、想像が飛躍し過ぎってもんだぞ」

「結論を早まらないでください」

顔面が紅潮するのを感じながら、増岡は続けた。

「彼女は、門脇修太郎作品の研究成果を、六月十日に口頭発表することになっていたんですよ。まさにその直前のタイミングで、今回の墜落が起きたんです。穿《うが》った見方をすれば、口を封じられたと考えられないこともありません。しかも、その研究に関する記録やデータ、それに資料がどこにもないという事実は、この筋読みに信憑性《しんぴょうせい》を与えていると思いませんか」

「馬鹿馬鹿しい。しょせん絵は単なる絵さ。そんなものが殺人事件と関係しているはずがないじゃないか」

呆《あき》れたという調子で、安田が茶々を入れた。

「それなら、彼女の手帳にあったスケジュールの書き込みは、どうなるんですか」

半ば腹を立てて、増岡は言い返した。

いつの間にか、捜査会議の席で増岡と安田が意見を戦わせる形になっていた。

「スケジュールの書き込み？　いったい何のことだよ」

明らかに喧嘩《けんか》腰《ごし》の言葉に、増岡はさっき配られた一覧表を宙にかざして、ある部分を指差した。

「ここを、もう一度よく見てください、《二月十五日、千葉県立近代美術館で調査、立ち会いは学芸部長五十嵐氏、早坂学芸員。連絡にあった通り、まったく未発表の作品に驚く。白眉堂のカタログ・レゾネにも記録のない作品。研究のヒントにすぐ思い当たる》と書かれています。ほら、溝田さんは、門脇修太郎の作品を調査したとき、すぐに何かとても重大なことに気が付いたんですよ。——三宅さん、市村寿子先生が言っていたことを覚えているでしょう」

増岡は、隣の三宅に顔を向けた。

その言葉に、三宅が恐る恐る腰を上げると、口を開いた。

「ああ、確か、こう言っていたよな。《研究者は違う。意識的に美術作品に視線を向けて、そこに隠された秘密を探り出そうとする。どこに解明の糸口があるのか。何か手掛かりになるものはないか。作者が無意識に制作の意図を曝《さら》け出している部分はないか。そんなふうに執拗《しつよう》に探し回るわけ。その目の付け所のいい人、誰よりも早く要《かなめ》となる部分を探り当てられる人が、研究のセンスがいいということなの》って。おまえは、そのことを言いたいんだろう」

「ええ、その通りです。きっと、溝田さんはその作品を見たとき、何かとんでもないことを発見してしまったんだわ。溝田さんが妹の美千代さんに電話で話したという言葉を、もう一度思い出してください。こう言ったんですよ。《こんなことを美術史の論文で発表していいのかしら》と」

「だったら、おまえは、その大発見とやらが、犯人に彼女の殺害を決意させたって言いたいのかよ」

信じられないという顔つきで、安田が言った。

「ええ、その可能性は、まったくないとは言えないでしょう。溝田さんは非常階段の五階の踊り場から墜落したんですよ。これが他殺なら、犯人には明確な殺意があったと考えざるを得ないじゃないですか」

「まさか、それが門脇とかいう画家夫婦が巻き込まれた強盗殺人事件と関わってくるなんて、そんなことまで言い出すんじゃないだろうな」

そのとき、増岡は、香山が手を上げていることに気が付いた。

「香山、何か意見があるのか」

米良が言うと、香山が立ち上がった。

「被害者の墜落が起きた同日、もう一つ、不審な事態があった点も、見落とすべきではないと思います」

「不審な事態、それは何だ」

「マンションから十数メートル離れた路上に停車していた軽ワゴン車の存在です。職質を掛けられそうになると、その車はヘッドライトも点《つ》けずに逃走し、盗難車であったことまで判明しています。不可解な墜落死が起きた現場の至近に、何者かが怪しい車を停めていたことと、被害者がそれ以前にもヘッドライトを点けていない車に轢かれかけた事実を重ね合わせるなら、この車の存在を偶然だったのだろうとやり過ごしていいはずがありません」

「香山、何を言いたい」

「増岡巡査がいま指摘した点、すなわち、溝田さんをめぐって奇妙な出来事が続発したことが、門脇修太郎の未発表の作品研究の開始に起因しているとすれば、今回の不審な墜落死もまた、そこに絡んで発生した可能性を完全に否定することは危険だと思います」

「はっ、阿呆《あほ》らしい。だいいち、門脇の一件は、時効がとっくに完成しているんだぞ。いまさら、そんなことで人を殺したりするかよ」

安田が聞こえよがしに言った。

　すると、香山が彼に顔を向けて言った。

「確かに、あの事件は時効を迎えています。だから、門脇夫妻の事件と今回の一件は無関係だと、一旦《いったん》は私も考えました。しかし、増岡巡査のいまの指摘を聞いているうちに、考えが変わりました。過去の強盗殺人の犯人が今回の一件と関わっている可能性は、すっかり消え去ったわけではないと」

「時効が完成すりゃ、罪に問われることはないし、死刑にもならない。そんな人間が、なぜもう一度危ない橋を渡らなけりゃならないんだよ。今度捕まりゃ、下手をすれば絞首台が待っているんだぞ」

「現在は、SNSで膨大な量の情報が行き交っています。もしも、その中に、かつて強盗殺人を起こしたという事実が、犯人の実名入りで流されれば、その人物は完膚なきまでに社会的に抹殺されるでしょう。築き上げた地位を失うだけでなく、友人や知人から見放され、肉親からさえも疎まれて、この社会のどこにも身の置き所がなくなる。しかもSNSでは、他人の過去を暴いて徹底的に叩くことを生き甲斐にしている輩《やから》も少なからずいます。犯人からしてみれば怖いのではないでしょうか」

　つかの間、講堂内に沈黙が落ちた。

　すると、捜査一課長が口を開いた。

「よし分かった。そこまで互いに言い張るのなら、落穂拾いかもしれんが、増岡、あの事件のことを調べてみろ。三宅とともに成田署の当時の捜査記録を閲覧し、担当者や関係者からも話を聞いて、明日の捜査会議で詳しく報告しろ」

「了解しました」

増岡は勢い込んで言った。

すると、三宅がため息を吐き、小さくつぶやいた。

「やれやれ、俺も成田に行かなくちゃならないのかよ」

すると、安田がまたしても手を上げた。

「何だ」

米良が指差すと、彼が勢いよく立ち上がった。

「宮崎の内偵に加えて、もう一つ、調べたいことがあります――」

言うと、香山に挑むような目つきを向け、言葉を続けた。

「――先ほど、香山巡査部長と相楽警部補が報告した中に、一つ気にかかる点がありました。三月末に、被害者が数多くの競争相手から選抜されて、佐島美術財団の奨学金の採用者に選ばれたという事実です。宮崎も、溝田さんと同じ研究をしていたうえに、非常勤講師という立場も同様です。となれば、彼もその奨学金に応募していた可能性があるのではないでしょうか」

「佐島美術財団から聞き取りをしたいということか」

捜査一課長が渋い声で言った。

「その通りです。溝田さんは、奨学金の申請が採用されたことを知り合いにも話したというのですから、それが回りまわって、宮崎の耳にも入ったかもしれません。喧嘩《けんか》別《わか》れと専任講師の座、そこに奨学金の件が加われば、どうでしょう。殺人の動機に十分なると思いませんか」

すると、捜査一課長がやおら立ち上がり、捜査員たちを睥睨《へいげい》するように見回してから、口を開いた。

「色々と意見の違いもあると思う。しかし、これが殺人事件だとすれば、一刻も早い真相解明が、被害者家族をはじめとして、一般市民の切なる願いであることは論を俟《ま》たない。議論は議論として、すべての捜査員はこの点を改めて肝に銘じてもらいたい。そこで、捜査の柱を二つに集約する。一つは、宮崎肇の内偵だ。安田警部補が指摘したように、この男に具体的な動機らしきものがあることは、疑いないように思う。しかも、事件が起きた当日、マンションに出入りしていたという厳然たる事実があり、この二点を軽んずることは許されない。人となり、暮らしぶり、人間関係、溝田真輝子さんと実際にはどのような付き合いであったのか。事件当日はもちろん、最低でも、ここ半年ほどの動きを探れ。むろん、宮崎には、三組のシフトで《行確《こうかく》》を張り付ける。また、いま安田警部補から提案のあった佐島美術財団からの聞き取りについても、こちらから手をまわして先方に連絡を入れることにする。

しかし、被害者が、今回の事件以外に二度にわたって、身の危険に晒《さら》されたという点から、我々がまだ把握していない何らかの殺害の要因が隠されていて、こちらが目を付けていない犯人が介在している可能性もある。まして、事件直前のアナフィラキシー・ショックを含めれば、被害者の身の危険は三度起きていたことにもなる。墜落した日、マンション近くから逃走した不審な盗難車両のこともある。したがって、アナフィラキシー・ショックに至る具体的経緯も含めて、溝田真輝子さんの身辺と、過去のスケジュールについて、残らず再確認する必要がある。捜査の分担については、後ほど管理官と係長から指示する、以上だ」

第三章

一

六月七日、午前九時半過ぎ。

安田警部補は所轄署の赤城《あかぎ》竜彦《たつひこ》巡査部長とともに、蘇我《そが》駅西口の改札を通り抜けた。駅前は広いロータリーになっていた。駅の建物に沿うようにして、庇《ひさし》の付いたバス乗り場があり、ロータリー斜め左手に銀行の建物が見えている。そのロータリーを、タクシーや運送用の軽トラがひっきりなしに通り過ぎてゆく。

二人に与えられた役目は、宮崎肇の内偵だった。《鑑取り》と異なるのは、目を向けた人間が凶悪な罪に手を染めている可能性を浮き彫りにする、という特別な視点が加えられていることである。

横断歩道を渡り、雑居ビルと郵便ポストの横を通り過ぎて、国道三五七号線に向かって二人は進んでいく。

三宅と増岡による北村寿子からの聞き取りによって、宮崎の住所や仕事先は判明していた。自宅は千葉市中央区蘇我町にあり、高齢の両親と同居している。出身大学は溝田真輝子と同じ千葉県内の私立大学で、学年と学部も一緒だったという。真輝子の自宅の家宅捜索によって、大学院時代の連絡網を記した冊子も押収されていた。

安田たちは、その連絡網に記載のあった人物たちに電話を入れたうえで、自宅や仕事場を訪ねることにしたのである。最初に着手するのは、宮崎の自宅の近所で、その人となりを把握するという基礎作業である。

背中や額に汗が滲《にじ》んできて、真夏を思わせる気温を実感する。それでも、安田は微《み》塵《じん》も面倒を感じていなかった。獲物の匂いを嗅《か》いだ猟犬のように、気が逸《はや》って仕方がなかったのである。

「安田さんは、宮崎のクロを確信しているんですね」

肩を並べて、足を急がせている赤城が言った。

「当たり前だ。宮崎は被害者と喧嘩別れしている。しかも、《そんなことをして、恥ずかしいと思わないの》なんて罵声《ばせい》を浴びせられている。その後、大学の専任講師の座が目の前で被害者に奪われてしまったんだぜ。そんな目に遭えば、たいていの人間は、頭にきても当然だろう」

安田は言い返して、相手に目を向ける。

赤城は髪を短く刈り込んだ、背が高く肩幅も胸板も厚い刑事だ。歳は三十後半くらい。今回の捜査で、初めて組んだ相手だった。初対面の距離を縮めようと、言葉を掛けて来たのだろう。

「宮崎が憤りを覚えた筋道は、十分に納得できますが、それだけで殺人にまで突っ走るでしょうかね」

「赤城さんよ、いまの世の中、短絡的な人間がどんどん増えていると思わないか。コンビニ店員のささいなミスを怒鳴りつける爺《じい》さんやら、終電車のホームで駅員に食って掛かっている泥酔したサラリーマンを見たことくらいあるだろう。昨日の捜査会議で、三宅が説明していた大学の専任講師の厚遇を思い出してくれ。俺も驚いたが、宮崎にしてみれば、まさに目の前でトンビに油揚げをかっ攫《さら》われたような気分だったろう。そのトンビを殺してやりたいと思っても、少しも不思議じゃない」

「オートミールに混入していた蕎麦《そば》粉《こ》については、どう見るんですか」

「あれは、被害者の単なる不注意に決まっている」

「それじゃ、門脇修太郎の研究に関連したデータや資料が見当たらないことは、どうなります」

「それも、事件とは無関係だと思う。自宅以外の場所に保管していたのかもしれんぞ。何しろ、凄《すご》いことを発見したっていうんだろう」

　安田は言いながら、自分の筋読みに頑《かたく》なに固執している己を意識した。昨晩の捜査会議で、立川や増岡、それに香山と激しい言い争いになったことが、そんな意地を掻《か》き立てていることも、十分に自覚している。

　だが、県警本部の刑事としての経歴から摑《つか》み取った、自分が描いた筋読みの解明に全身全霊を賭《か》けることが、刑事のあるべき姿だという確信は、いささかも揺るがない。

　一つの事件には、気が遠くなるほどの不要な疑いや誤った筋読みが絡みつき、捜査陣の足を掬《すく》い、進むべき方向を混乱させる。今回の場合、アナフィラキシー・ショックや研究のデータや資料が見当たらないという点などが、そうした夾雑物《きょうざつぶつ》だろう。そして、自分が賭けている筋読みが、万が一外れていたとしても、捜査の筋道を混乱に陥れるそうした不要な疑いを一つだけ取り除くという形で、捜査の進展に寄与できる。事件の真相解明に行き着くためには、捜査員の誰かが、そうした苦しい徒労や無駄骨を背負わなければならないのだ。

　しかし、安田には、今回の読みは絶対に外れていないという予感があった。

　いま赤城に言ったように、宮崎には確固たる動機がある。

　墜落が起きた六月五日に、現場に現れている。

　そこに、被害者の動きを予測可能であるという要素まで加わるのだ。

　これほどまでクロの心証を覚えた容疑者は、かつて出会ったためしがない。

非常口や屋上階のドアの錠がすべて掛かっていたという状況も、見落としている何らかの手立てがあるはずだ。

佐島美術財団の奨学金について、宮崎も申請者だったことが判明すれば、間違いなく外堀は埋まる。

安田は、さらに足を速めた。

赤城が、それに従った。

二

同じ頃。

増岡は、三宅とともにJR成田駅の改札口を出た。

線路の上に架かる高架式の建物を通って西口へ向かった。

そこは自転車駐輪場と薬局のチェーン店が入った駅ビルとなっており、さらに広い階段を下りると、目の前に閑散としたロータリーが広がっていた。

有名な成田山新勝寺《しんしょうじ》へ続く表参道は、反対側の東口側にあり、その沿道がとても賑《にぎ》やかだということなら増岡も知っていたが、初めて立った西口側は閑散としていた。

二人は、西へ延びている歩道を歩き出した。

成田警察署は、四百メートルほど先の中台《なかだい》運動公園と道を挟んだ向かい側にある。

これから、その成田署に保管されている、門脇修太郎夫妻が巻き込まれてしまった強盗殺人事件についての捜査記録を確認する予定だ。当時の捜査本部に加わっていた捜査員が一人だけ、現在も生活安全課の課長として在籍していることも判明したので、その中島慎太郎《なかじましんたろう》警部から話も聞くつもりだった。

「おい、昨日の捜査会議で大演説していたことは、本気なのかよ」

肩を並べている三宅が、からかうような口調で言った。

「ええ、もちろん本気ですよ」

増岡は平然と答える。

「おまえが、がり勉でこだわり屋、それにけちん坊だってことは知っているけど、誇大妄想の気があるってことまでは知らなかったな」

その言葉に、彼女は頰を膨らませると、言った。

「どうして、私が誇大妄想の気があることになるんですか」

「考えてもみろよ。溝田真輝子さんが非常階段から墜落したことについちゃ、確かに不審な点ばかりだ。五階の踊り場で目撃された人影やら、マンションから十数メートルほど離れた路上で目撃された盗難車に乗っていた人物の存在、それに、二度にわたって、危険な目に遭いかけたこともある。しかし、安田警部補の言い分じゃないが、そのことに門脇修太郎の絵が関係しているなんて、どう考えても、牽強付会《けんきょうふかい》ってやつじゃないか」

「本当にそうかしら。溝田さんはアナフィラキシー・ショックと、最後の墜落事件も加えれば、わずか三か月の間に、四度も命の危険に晒《さら》されたんですよ。むろん、誰かさんの主張通り、被害者は単なる大学の非常勤講師ですし、美術史なんて特殊な分野の研究者です。これが、経済的に大きな利益や金銭と絡むような、医学とか科学とかの研究者だったとしたら、その利害関係から命を狙われたって読みは、十分な説得力を持つと思いますよ。そして、美術の研究が、利害や金銭に絡む動機を生ずることはあり得ないだろうってことなら、私だってとっくに考えました。

だけど、門脇修太郎の作品を研究し始めた頃から、彼女の身の回りで、現実に不審な出来事が始まっているじゃないですか。そのうえ、彼女が研究していた門脇修太郎に関するデータや資料がすべて紛失しているんですからね。しかも、そこにもう一つの黒々とした疑問まで重なるんですよ」

言い合ううちに、二人の声が大きくなっていた。

道行く人々が、何事かと振り返っている。

だが、まったく気に留める様子もなく、三宅が言った。

「もう一つの黒々とした疑問？　いったい何のことだよ」

「門脇修太郎夫婦が惨殺された強盗殺人事件の存在ですよ。犯人は、いまだに捕まっていないんですからね」

「確かに、あれは未解決事件さ。だがな、おまえは一つだけ、決定的な点を見落としているぞ」

「決定的な点？　何ですか」

増岡は思わず足を止めた。

三宅も立ち止まり、言った。

「忘れたのかよ。あの事件は、とっくに時効が完成しているんだ。だから、最後の黒々とした疑問とやらは、この際、無関係だぜ」

「三宅さんこそ、主任が昨日の捜査会議で指摘されていたことを、もう失念しちゃったんですか」

「いまのご時世では、たとえ時効になったとしても、殺人犯に安息はあり得ないってことだろう。確かに理論的には、主任のおっしゃるとおりだよ。その程度の理屈なら、俺も理解しているつもりさ。しかしだな、その犯行を指し示すものが、油絵の研究から明らかになるなんてことが、本当にあり得ると思うのか」

「だから、それをいまから調べるんじゃないですか」

増岡が言い切って、再び歩き出した。

やれやれと言わんばかりに首を振り、三宅も肩を並べた。

「いまさら、どうしてあの事件を穿《ほじく》り返すんだよ」

応接室のドアがいきなり開き、小太りの半袖《はんそで》姿の制服警官が入って来るなり、つっけんどんな口調で言い放った。

成田署の狭い応接室のソファに腰掛けていた増岡と三宅は、互いに顔を見合わせる。

門脇修太郎と妻が殺害された事件の捜査記録を閲覧したい、と一階の受け付けで申告すると、応対に出た女性警察職員が無表情のまま何も言わずに、この部屋へ二人を案内したのである。

二人は思わずソファから腰を上げ、三宅がすぐに言った。

「あなたは？」

「俺が中島警部だ。あの事件のときは、刑事課に配属されたばかりの新人だったがな」

二人はまた顔を見合わせてしまったものの、三宅がすぐに低頭した。

「船橋署の三宅巡査長です」

「同じく、増岡巡査です」

増岡も、慌てて頭を下げる。

「ああ、おたくたちの係長から、捜査協力の依頼は入っているよ。まあ、座れや」

言うと、向かい側のソファにどっかりと座り込んだ。

黒々とした髪をポマードで七三に分けており、ブルドッグのように頬の垂れた赤ら顔で、歳は六十近いと思われた。

三宅とともに、増岡は恐る恐る腰を下ろしながら、成田署のどこか冷え冷えとした空気や、目の前の警部の不機嫌の理由に思い当たった。たぶん、《ケツを洗う》と思っているのだろう。一つの事件に関わってきた捜査陣を差し置いて、別の刑事が再捜査することは、先輩や同僚の《ケツを洗う》といって、刑事の世界では峻烈《しゅんれつ》な反発を生ずるものなのだ。まして、門脇修太郎夫妻の強盗殺害事件はとっくに時効になってしまったのだから、成田署の捜査陣は、凶悪な犯罪者に完敗を喫したことになる。ある意味で、ひどく気分を害するのも無理はないかもしれない。

「私たちは、門脇修太郎さんと奥さんが殺された事件をただ穿り返すために、こちらにお伺いしたんじゃありませんよ――」

三宅が弁解口調で言い、続けた。

「――六月五日に発生した《船橋市内女性墜落死事件》のことは、ご存じですか」

よそ見しながら、中島が二重顎《あご》でうなずく。

「何年、俺が警察の飯を食っていると思っているんだ。県内で起きた事件で、こっちの耳に入らないものなんてない」

「私たちは、その捜査に当たっているのですが、被害者となった溝田真輝子さんと、こちらの管内で起きたあの事件の被害者、門脇修太郎氏との間に一つの接点があったことが判明したんです」

「接点だと？　そりゃ何だよ」

不機嫌そうな顔つきを少しも変えることなく、中島が面倒くさそうに言った。

「溝田さんは、大学で美術史を教えている研究者でした。そして、千葉県立近代美術館が最近になって収蔵した門脇修太郎氏の未発表の作品について、彼女が研究を開始したところ、立て続けに不審な出来事が起こり、挙句の果てに、今回の事件が発生してしまったんです。むろん、その因果関係はまだ明らかではありませんが、どう考えても、そうとしか思えないんです」

「立て続けに不審な出来事が起きただだと？　何があったって言うんだ」

「最初は、夜分に帰宅途中、ヘッドライトも点《つ》けずに走行していた不審な車に轢《ひ》かれそうになりました。しかし、間一髪で彼女がかわすと、車はいきなりスピードを上げて走り去りました。それが三月三日のことでした。そして、四月十日、今度は朝のラッシュアワーの船橋駅のホームで、彼女は背後から押されて線路に突き落とされかけたんです。そして、今度の事件が起きました。しかも、マンションの非常階段の踊り場から墜落したとき、彼女はアナフィラキシー・ショックに陥っていたと考えられます」

「その、アナなんとかっていうのは、何だよ」

「アレルギー症状の激しいものです。激しい動悸《どうき》や眩暈《めまい》を生じます。司法解剖の結果、彼女はオートミールに混入された蕎麦粉《そばこ》を食べたために、そんな状態に陥ったと考えられます。誤食か、何者かによる蕎麦粉の混入だったのか、その点についてはまだ判明していませんが、そんな状態で手摺《てすり》を乗り越えて墜落したものと推定されています」

その場に沈黙が落ちた。

しばし考え込んでいた中島が、顔を上げた。真顔になっており、おもむろに言った。

「被害者が散々な目に遭った挙句に、最悪の事態に陥ったことについちゃ、俺も心から気の毒だと思う。だがな、その被害者が門脇修太郎の絵を研究していたというだけで、こっちの事件と結び付けるなんて、船橋署の捜査はそんなところまで行き詰まっているのか。——容疑者の一人くらい、浮かんでいないのかよ」

「一人浮かんでいます。宮崎肇という、溝田さんと同じ大学の出身者です。彼もまた、門脇修太郎について研究していますし、ある大学の専任講師の座をめぐって彼女と競い、結局負けてしまいました。しかも、二人は恋愛関係にあったと考えられ、三か月前に、激しい口論の末、喧嘩《けんか》別《わか》れしています」

「だったら、そいつがクロで決まりじゃないのか」

「ええ、事件と何らかの関わりがある可能性は高いと思われます。事件が起きた六月五日、午後四時頃に、現場となったマンションに入り込み、一時間ほどしてマンションから去ったことが、玄関ホールの防犯カメラの映像に映り込んでいましたから。しかし、動機の発生した時期から判断して、三月三日の轢き逃げ未遂や四月十日の駅のホームからの突き落としは、宮崎の犯行ではないと思われます。大学の専任講師をめぐる二人の間の軋轢《あつれき》は、その後に発生した事態ですから。つまり、溝田さんをめぐるいざこざには、宮崎以外に、別の何者かが関わっていると考えざるをえません」

「なるほど、そういうことか」

ようやく、中島が納得したという顔つきになったものの、続けた。

「しかし、おたくらも当然知っていると思うが、あの事件は、とっくに時効になっちまったんだぜ」

「ええ、もちろん知っています」

その言葉に、中島は大きなため息を吐くと、問わず語りのように続けた。

「あの強盗殺人事件の数少ない物証となったものの一つに、犯人が現場となった家の外に残した靴跡《ゲソ》があったんだよ。そいつは速乾性のコンクリートにくっきりと残されていて、そのコンクリートが塗られたのは、平成七年四月二十七日と明確に判明している。つまり、犯人が現場となった家に侵入して、門脇夫妻を殺害したのは、間違いなく四月二十七日ってことだ」

増岡は言葉に詰まったものの、すぐに言った。

「いま数少ない物証っておっしゃいましたけど、ほかには、どんな物証が見つかったんですか」

「あとは汚い軍手だけだ。現場となった家から五十メートルほど離れた雑木林に落ちていた」

「それが、どうして犯人の遺留品と分かったんですか」

「殺された門脇修太郎が、それと対になる軍手を握り締めた姿で発見されたからさ。犯人と格闘になったときに、相手の手からむしり取ったんだろう。しかも、落ちていた方の軍手には、血と油絵具が付着していた」

「血と油絵具が付着していた？」

「ああ、犯人は門脇修太郎と争ったとき、片方の軍手をむしり取られて、その素手で油絵具に触れちまったんだろう。激しく争っていて、夢中になって門脇修太郎の息の根を止める得物を探したのかもしれん。実際のところ、門脇修太郎はアトリエにあったと考えられるペインティング・ナイフで刺殺されていた。それはともかく、犯人は逃げ出す途中で、手に付いたその油絵具に気が付き、見咎《みとが》められるのを恐れて、残っていた方の軍手で油絵具を拭《ぬぐ》い、放り出して逃げたってところだろう。洋画家が殺害された事件現場の近くで、油絵具を手に付着させていたら、疑われて当然だからな。付着していた血液の方は、ＤＮＡ鑑定の結果、門脇修太郎の血と判明した」

「その軍手の出どころから、容疑者は浮かび上がらなかったんですか」

　中島が破顔した。

「軍手なんてものは、どこでも売っているし、一つ一つに特徴なんてない。そのうえ、世の中にどれほどの数が出回っているか、見当もつかんだろう。販売経路なんか分かりっこない。もっとも、あの事件が四月二十八日以降に起きたことなら、話はまったく違っていただろうな」

　その言葉に、増岡は三宅と顔を見合わせた。

「時効が廃止になったというあれですか」

「ああ、そうだ。さっきの靴跡のことだが、侵入したのが四月二十八日以降なら、コンクリートは乾いていて、靴跡は絶対に残らないんだ。――ともかく、捜査資料を見たいんだろう。案内するから、ついて来い」

　中島警部が立ち上がった。

　増岡は、三宅とともに慌てて立ち上がった。

三

「宮崎さんの息子さんのことですか」

古い二階建て住宅の玄関の格子戸の奥で、初老の小柄な女性が顔をしかめて言った。

「ええ、私たち、その方のことについて調べておりまして」

愛想のいい顔つきを作り、安田は明るい調子で言い返した。

隣で、赤城も口角をつり上げている。

二人は、宮崎肇の実家から二十メートルほど離れたこの家に訪《おとな》いを掛けて、警察手帳の身分証明書を示し、さりげなく用件を切り出したところだった。

この近所の数軒の家で聞き込みをしたところ、この家の下の息子が宮崎と公立高校でクラスが一緒だったという話を耳にしたのである。同級生なら、付き合いがあったかもしれないと考えて、当たることにしたのだ。

階段横の玄関の上がり框《がまち》に立っている女性は、ここの主婦だろう。地味なベージュのブラウスに茶色のスカートというなりで、白髪の目立つ髪を後頭部でお団子に結っている。黒縁の眼鏡を掛けており、そのレンズの奥の目に怯《おび》えのような光が浮かんでいた。

「いいえ、宮崎肇さんの大学時代の知り合いの方が、ちょっとした揉《も》め事に巻き込まれましてね。その関連で、宮崎さんについても確認する必要が出てきて、それで調べているだけですから、どうかご懸念なく」

笑みを作って、安田は言った。

そうですか、と彼女は疑わし気な顔つきを崩さずに言うと、言葉を続けた。

「あの子、何かしちゃったんですか」

「それで、どんなことをお知りになりたいんですか」

「奥さんから見て、肇さんはどんな方ですかね」

「とっても頭のいい子でしたよ――」

言うと、少しだけ警戒心が薄れたのか、かすかに笑みを浮かべて言葉を続けた。

「――うちの子は野球ばっかりしていて、しょっちゅう赤点ばかり取っていたのに、肇ちゃんは成績がいつもクラスで一番か二番でしたよ。あそこのお母さんとは付き合いがあったから、いつも羨《うらや》ましいって零《こぼ》したもんです」

「ほう、成績優秀ですか」

相手が口にした言葉を、それとなく言い換えて繰り返し、さらなる話を引き出すのは聞き取りの常套《じょうとう》手段である。

「宮崎さんのところは、どんな家庭でしたか」

安田はさりげなく先を促す。一人の人間を形作るものとして、家庭環境や両親の気質などが大きな要素である。

「お父さんも真面目な方で、千葉駅近くの小さな食品会社の係長さんでしたよ。奥さんとは、確かお見合い結婚だったんじゃなかったかしら。肇ちゃんは長男で、下に二つ離れた妹さんがいましたね。いまはもう結婚して、子供も二人いて、東京の方に住んでいるって聞いていますけど」

「肇さんは、たしか県内の大学で美術史を学ばれて、大学院まで出られたんだと聞きましたけど」

安田が口にした言葉に、玄関先の女性が顔つきを変えた。

「そのことですよ、肇ちゃんが、お父さんと大揉めになったのは――」

そう言うと、あたりを憚《はばか》るように一瞬周囲に目を配ると、彼女は声を潜めるようにして続けた。

「――あそこのお父さんは、息子を国立の法学部へ進ませて、普通の企業に就職させたがったんですよ。だけど、肇ちゃんがどうしても嫌だと言って聞かず、美術史の勉強をしたいと言い張ったんですから」

「よくご存じですね」

「肇ちゃんのお母さんが、息子の肩を持って、お父さんを説得しようとしたからですよ。後になって、お母さんから散々に零されましたから、知っているんです。でも、お父さんは、自分が小さな会社にしか入れなかったのも、出世が遅いのも、一流大学の法学部を出ていないからだって譲らなかったんですって。うちの息子から聞いたところじゃ、美術史で大学院を出ても、就職先は美術館や博物館の学芸員とか、大学の研究職くらいしかないんですって。よくて、関連する分野の出版社や教員などに限られるらしいから、お父さんの心配も無理もなかったかもしれませんけどね」

「息子の将来を心配したってことですか」

「ええ。ともかく、そんなこんなで父子《おやこ》の間が気まずくなり、肇ちゃんは県内の国立の文学部を受験したものの、そこを落ちちゃって、それで私立の文学部に進んだんです。これもうちの子から教えてもらったんですけど、肇ちゃんは育英会《いくえいかい》の奨学金もらって、大学院へ進んだんですってよ」

安田は、赤城と目を見かわした。その後、いくつか質問を重ねたものの、それ以上の収穫はなく、二人は主婦に礼を告げて、玄関先を離れた。

路地の角を曲がると、赤城が待ちかねたように口を開いた。

「どう思います」

歩きながら、安田も顔を向けた。

「恥ずかしながら、俺のところも貧乏だったし、大学への進学は、奨学金のお世話になったもんさ。そのときに聞いた話じゃ、ずっと昔は、奨学金にも返済免除がかなり広く認められていたらしい。だがな、俺が学生だった頃には、一部を除いて、免除なんてものは廃止されちまっていたし、低利だが、利息すら上乗せされるようになっていたんだぜ。だから、警官になってからコツコツと返済したものの、完済するまでに十年ほどもかかったことを覚えている」

「つまり、宮崎はいまも借金を背負っているということですね」

赤城が目を輝かせる。

手ごたえを感じて、安田もうなずいた。

「ああ、是が非でも、大学の非常勤講師なんてものから足を洗って、安定した職を手に入れたいと思わずにはいられなかったはずだぞ」

二人は足を速めた。

「あの事件が発覚したのは、門脇修太郎の成田郊外にあったアトリエを、白眉堂という画廊の主人である遠藤卓夫《えんどうたくお》が訪ねたことがきっかけだった――」

成田署の庶務課の資料室に、中島警部の声が続いている。

時効が完成したとしても、凶悪な強盗殺人の事実が露見して、その事実が世間に知られれば、犯人は身の破滅に繋《つな》がりかねないという香山の指摘を、増岡は説明した。

すると、機嫌が直った中島が納得して、事件について語り始めたのである。

「——遺体が発見されたのは、平成七年五月十三日だった。遠藤がアトリエを訪問したのは、六月上旬に開かれる個展について、詳細に詰めるためだ。日頃の連絡は、白眉堂の社員の糀谷康彦《やすひこ》という男が担当していたというが、最終的な詰めは社長本人が行うという段取りだったんだ。それはともかく、午前十時という約束の時間に訪問したにもかかわらず、インターフォンの釦《ぼたん》を押しても中からは返事がなく、何時まで待っても、玄関に出てくる者はいなかった。それで不審に思った遠藤が、錠の掛かっていなかった玄関から家へ入り込んで、夫妻の遺体を発見したというわけさ——」

増岡は三宅と並んで、細長い作業用のテーブルを挟んで、中島と向き合っている。

二人の前のテーブルには、黒い表紙の付けられた捜査記録の束と、遺体の検視報告書が置かれていた。事件捜査に関連する記録類は、所轄署の庶務課の資料室に保管される決まりとなっているのだ。

中島にここへ案内された二人は、広い資料室に設《しつら》えられたスチール製の棚に並んだおびただしい段ボール箱の中から、すぐに《門脇修太郎夫妻強盗殺人事件》というラベルの貼られた段ボール箱を取り出して、その中にぎっしりと詰められていた記録に、すべて目を通したのだった。

その間、中島は急ぎの仕事があると言って席を外していたが、三時間ほどして再び資料室に戻ってきて、二人に事件についての説明を始めたのである。

過去の捜査を振り返るには、むろん、詳細に記された捜査記録や、見取り図、現場を撮影した膨大な写真類、被害者を始めとして、事件で名前の挙がった関係者すべての顔写真、様々な数値のデータなどに目を通す必要がある。しかし、それだけでは十分ではない。実際の捜査に当たった人間でなければ感じ取れない空気というものがある。つまり、どうしても生身の人間が見聞きした事件の様相について、聞き取りをする必要があるのだ。

「――事件が起きた年は西暦で言えば一九九五年だから、ざっと二十年以上も昔のことさ。さっきも少し話したと思うが、その年の三月に、俺は捜査専科講習の選抜試験に合格して、四月から見習いとして捜査実務に加わる許可を得たばかりだった。だから、遠藤から一報を受けて、本署から覆面パトカーに乗り込んで、勇み立つような気持ちで現場へ駆けつけたまではよかったものの、いきなりまんじゅうを目にしちまって、度肝を抜かれたことはいまだに忘れられん」

言うと、中島は顔をしかめた。《まんじゅう》とは、遺体の隠語である。

三宅とともに、増岡も無言でうなずく。そして、死体検案書から読み取った状況を、嫌でも思い浮かべてしまう。

修太郎は腹部を、刃物様の凶器で複数回刺突されて、内臓損傷と動脈断裂による失血により死亡していた。妻の瑞枝は、後頭部の頭蓋骨《とうがいこつ》陥没が死因だった。彼女は後頭部の損傷以外に外傷は認められなかったものの、修太郎は犯人と激しく揉《も》み合ったらしく、手や腕、顔、肩などに、複数の打撲痕《こん》や擦り傷が認められた。司法解剖により、二人の死亡した日時は、四月二十七日より四日以内と推定されたのである。

捜査記録に添付されていた、現場と二人の遺体を撮影したかなりの写真の画像が、彼女の脳裏に次々と浮かんでくる。

事件が起きたのが四月末だったので、二人の遺体は完全に腐敗していた。第一発見者の遠藤は、アトリエに足を踏み入れて、嘔吐《おうと》を催すほどの悪臭を鼻先に感じ、次に黒い塊を目にしたという。次の瞬間、唸《うな》りのような物凄《ものすご》い羽音とともに、その黒いものが一気に宙に舞い上がるのを目にした。無数の蠅が、アトリエ内に舞い上がったのである。

犯人と門脇の激しい格闘を物語るように、写真に残されていたアトリエの光景は、広々としたフローリングの床にパレットや絵筆、絵具のチューブが散乱し、作業机が横倒しになっていた。一方の壁に置かれたサイドボードのガラスが粉々に割れて、おびただしい破片が床に散らばっていた。だが、幸いなことに、門脇の油絵は、隣室の納戸の棚にすべて収められていたせいで、傷ついたり破損したりしたものはなかったという。

てくる。

増岡は、止めていた息を吐く。すると、今度は、修太郎と瑞枝の経歴が思い出され

修太郎は、福島県喜多方《きたかた》市出身だった。事件当時は、七十五歳。会津若松《あいづわかまつ》市内の県立高校を卒業後、東京の芸大洋画科に進学したものの、三年で中退して単身渡米。後に妻となる羽田《はねだ》瑞枝は、一年後に門脇を追う形で渡米した。

二人はニューヨークのハウストン通りの南、いわゆるソーホーに居を構えて、美術館通いと制作に明け暮れる。滞在費は、修太郎のパトロンとなった白眉堂が送金したという。四年後、ニューヨークで開催した個展が、ニューヨーク・タイムズを始めとする多数の新聞紙上で大絶賛されて、一躍、《Abstraction（抽象）の KADOWAKI》の国際的な評価を得るに至る。三十代半ばで帰国すると、在米時代に結婚した瑞枝の郷里、千葉県成田市船形《ふなかた》に居を構え、創作活動に没頭。三年に一度のペースで、銀座《ぎんざ》の画廊白眉堂で個展を開催。完売画家の異名を奉られる。日本、アメリカ、及びフランスの国立美術館で現存作家として個人展が六回も開催され、平成元年に紫綬褒章《しじゆほうしよう》を受章。同六年には文化勲章を受けている。

また、美術関連の雑誌や、高級婦人雑誌などで、瑞枝夫人のユニークな暮らしぶりが取り上げられたこともあり、成田市船形の自宅写真は、多くの目に触れているという事実があった。二人の間には子供はおらず、夫婦二人だけの暮らしだったという。

「門脇夫妻のアトリエがあった、成田市船形というのは、いったいどんな場所なんですか」

無理やり気持ちを切り替えて、増岡は訊《き》いた。

中島がうなずくと、口を開いた。

「印旛沼に近い場所で、いまでも周囲は茫漠《ぼうばく》と畑が広がっているだけで、農家くらいしか家はなく、所々に小山があるだけの辺鄙《へんぴ》な場所さ。気になるなら、後で署の車を貸すから、おたくたちも見ておくといい。門脇夫妻は、その小山の一つに家とアトリエを建てて住んでいた。だから、近所に住人がおらず、遺体の発見が遅れたんだ」

「遺体については、どんな状況だったんですか」

「記録にもあるように、妻の瑞枝はリビングにうつ伏せで倒れていて、鈍器のようなもので後頭部を殴られて絶命していた。門脇の方は、アトリエで腹を刺されて仰向《あおむ》けに倒れていた。ペインティング・ナイフで刺されたんだ。発見時、二人の遺体は目も当てられん有様だったことを覚えている。考えてみれば、あの年は、まったく胸糞《むなくそ》の悪くなることばかりだったな。一月には関西で大きな震災が起きたし、三月に、カルト教団が鉄道の車内に毒を撒《ま》きやがった。四月下旬に、そのカルト教団の幹部が、暴漢に刺殺される事件があったことを覚えているか――」

三宅がうなずく。

だが、幼かった頃なので、増岡には記憶がない。

「――ともかく、初動捜査に取り掛かった捜査本部は、すぐにその一件を流しのタタキと筋読みした。家のリビング、書斎、寝室、アトリエ、納戸などの箪笥《たんす》やデスクの引き出しがことごとく引き出されていて、冷蔵庫や食器棚まで物色されていたからだ。しかも、空の財布や手提げ金庫が見つかったものの、貴金属類にはいっさい手が付けられていなかった。故買から足が付くことを怖れて、現金だけを狙ったんだろう。室内のドアノブ、箪笥や引き出しの取っ手などが、何かで拭《ぬぐ》われたような痕跡《こんせき》も確認された。犯人が室内に残した可能性のある指紋や掌紋を、必死で拭《ふ》き取りやがったんだ」

《タタキ》は、強盗を示す警察の隠語で、《流し》は、行き当たりばったりに狙うという意味である。

「侵入経路は？」

「最初、犯人は、アトリエの奥にある納戸の窓から入り込もうとしたようだ。その窓は小さいものだったが、クレセント錠だけで、窓ガラスが少しだけ割れていた。ハンカチみたいなもので何か固いものを包んで、音を立てないように割ったんだろう。そのクレセント錠は開いていた。さっき説明した犯人の靴跡が残されていたというのは、その窓際の地面のコンクリートだったんだ」

「そのコンクリートを敷いたのが、四月二十七日だったというわけですね」

「ああ、そうだ。家宅捜索で成田市内の土建業者の見積書が見つかり、そこへの問い合わせで明らかになった。ところが、犯人は途中で考えを変えたようで、母屋の裏口の錠も壊されていたのさ。間違いなく、そこから侵入したんだ。キッチンにあった裏口から、瑞枝が倒れていたリビングは目と鼻の先だったから、そこで鉢合わせになったと考えられる。ちなみに、遺体が発見されたとき、室内もアトリエも電灯が灯《とも》った状態だった。

これらの点から、捜査本部が思い描いた犯行の経緯は、こういうものだった。四月二十七日の夜遅く、犯人は裏口から侵入し、その物音に気が付いて起きてきた瑞枝を、手近な鈍器で撲殺した。そして、騒ぎに気が付いた門脇は、逃げ出してアトリエへ向かった。顔を見られたと焦った犯人は追いかけて、そこで揉み合いとなり、犯人がたまたま手にしたペインティング・ナイフで、門脇を刺して殺した。その後、犯人は時間をかけて室内を徹底的に物色した」

「殺害された頃の、門脇夫妻の暮らしぶりは、どんな感じだったんですか」

「人里離れた一軒家での老夫婦だけの暮らしだから、普通なら、誰も二人の生活を知る由もなかったろう。しかし、瑞枝は若い頃から詳細な日記を残していたんだよ。しかも、スケッチ入りだぜ。彼女も若い頃に芸大生だったというだけあって、素人の俺の目から見ても、そのスケッチは実に見事なものだったよ。二人が死亡した日について、四月二十七日から四日以内程度という司法解剖の所見が出たが、さらに絞り込めたのは、その日記のおかげと言える。

日記には二十七日の昼間、門脇が白眉堂の糀谷と電話で話したことが記されていた。そして、その晩、油絵制作を終えて、彼はいつものようにバーボンの水割りと、クルミの実を口にしたという。それがアメリカ滞在時からのあの画家の日課だったようだ。しかも、日記には、酒を呑《の》んでいた門脇が、クルミを割ろうとして、右手の親指に傷を負ったことまで記されていた。そこで、瑞枝が翌日の制作を止めようとしたものの、酔った彼は頑として言うことを聞かなかったと書かれていたし、その親指の傷までが、詳細にスケッチされていたっけ。ともあれ、二十七日のその時点までは、二人は確実に生きていたんだ」

「しかし、日を跨《また》いで、午前零時を過ぎた二十八日に、二人が殺害された可能性もあるんじゃないですか」

増岡は思わず言った。

すると、中島が歯を見せた。

「時効の廃止に、おたくはこだわっているわけか。俺たちも当然、その可能性を探ったに決まっているだろう。だが、それは成り立たなかった」

「どうしてですか」

「アトリエにあった置時計が、床の隅の方に転がっていたんだ。納戸からアトリエに入った脇の壁際にサイドボードがあり、置時計はその上に置かれていたらしい。庭に面した窓の分厚いカーテンの裾《すそ》に隠れていて、最初はその時計に気付かなかったが、現場検証のときに発見されたんだ。その針が、午後十一時十分を指していたのさ。ゼンマイ式ではなく、電池式で、白眉堂の遠藤が贈ったというスイス製の高級時計だから、時刻は至って正確だそうだ。門脇と犯人が格闘になったとき、その弾みで床に落ちて壊れて、部屋の隅まで蹴飛《けと》ばされたとしか考えられん。しかも、門脇は七十五歳の老人だったんだぞ。二人の格闘が五十分以上も続いたとは、いくらなんでも想像できないだろう。たとえ裁判官が判断したとしても、四月二十七日以内に絶命したという判断に十分な妥当性があるという結論に落着したはずだ――」

重苦しい空気で、資料室内は張り詰めていた。

だが、二人に対して説明しているうちに、実際に経験した事件現場が眼前に甦《よみがえ》ったかのように、中島の表情が真剣なものに変わっていた。そして、彼は続けた。

「――さっきも言ったように、門脇家の周囲にはほとんど民家はなかったものの、百メートルほど離れた場所に、一軒だけ農家があった。名前は確か、奥寺康雄《おくでらやすお》と言ったが、そこの女房に俺たちは《地取り》を掛けた。しかし、その人は、四月二十七日はもとより、その日までに近所で不審人物を見かけた覚えはないと証言したんだ。しかし、ここで三つの気になる話を耳にすることになった」

「三つの気になる話？」

三宅の鸚鵡《おうむ》返《がえ》しの言葉に、彼がうなずく。

「一つは、家が離れていたものの、奥寺の女房と瑞枝は、それなりに近所付き合いしていたってことだ。捜査記録にもあるように、門脇は芸大の途中で渡米しているし、後輩だった瑞枝も後を追うように渡米して、二人とも外国暮らしが長かったから、英語がペラペラだったらしい。で、亡くなる十年くらい前まで、アメリカやヨーロッパなどに、二人でしじゅう旅行をしていたそうだよ。だから、奥寺の女房は、留守宅に気を付けて欲しいと瑞枝からいつも頼まれていたという。二つ目は、亡くなるひと月ほど前、奥寺の女房が、門脇夫妻を成田駅東口にある総合病院で見かけたという点だ。そのとき、門脇は顔色が悪く、瑞枝が付き添っていたとのことだった。後で判明したことだが、殺された門脇は当時、肺癌に罹《かか》っていた」

「そんな病気だったんですか」

「ああ。だから、いまも言ったが、犯人との格闘が五十分も続くわけがないんだ。――三つ目は、四月二十九日に、奥寺の女房が門脇の家の近くで、猛スピードで走るワゴン車を見かけたと証言したことだ。夕暮れ時にもかかわらず、その車がライトも灯《とも》していなかったので不審に思い、それで記憶に残っていたんだな。それはともあれ、捜査本部は、成田を中心に、最寄り駅の防犯カメラを軒並み調べて、前科前歴のある人間が引っかからないかどうかを確認した。しかし、一か月が経過しても、容疑者の一人も浮かばず、目撃者すら見つからなかった。連日のように、県警本部の年長の捜査員とともに、俺は足が棒になるほど田舎道を歩きまわり、汗と土埃《つちぼこり》にまみれて聞き込みに明け暮れたことを覚えている。刑事って仕事が、嫌になるほど骨の折れるものと思い知らされたし、その相方の捜査員から、刑事としてのイロハを教えられたもんさ。で、そんなふうに捜査が完全に暗礁に乗り上げた状況になったとき、俺はふと別の筋読みに思い至ったんだ」

「別の筋読み？」

「ああ、この一件は流しのタタキなんかじゃなくて、空き巣を狙った犯行じゃないだろうかと考えたんだ」

「どうしてですか」

「離れの小窓を壊して侵入するより、母屋の裏口の錠を壊す方が、遥《はる》かに住人に気付かれる可能性が高いと思わないか。どうして、そんな危険を敢《あ》えて冒したんだろう。俺はそんなふうに考えたわけだ」

「よく思いつかれましたね」

「かつて、門脇夫妻がしばしば海外旅行をしていて、留守がちだということを犯人が知っていたからじゃないか。まだ駆け出しだったくせに、聞き込みに歩きまわりながら、そんなふうに筋読みしてみたってわけよ。で、その日遅くに署に戻ったとき、俺は思い切って、刑事課長に進言してみた。網を掛けるべき対象者は土地勘のある人間で、あの辺りに住んだことのある人物じゃないかって」

「それで、どうなったんですか」

「刑事課長は、絶対にプロの手口だと俺の筋読みを否定して、捜査方針に一切の変更はなかった。いまから思えば、事件に対する世間の注目があまりにもでか過ぎて、駆け出しの一つ星の筋読みに賭《か》けるなんて、刑事課長も二の足を踏まざるを得なかったんだろう。それでも、あの事件がとうとう時効になっちまったとき、悔しくてたまらなかったことを覚えている。署からの帰りに、ほかの刑事たちの出入りがない飲み屋へ立ち寄って、一人で嫌と言うほど自棄酒《やけざけ》を呷《あお》ったもんさ。あのとき、俺の進言を入れて、捜査方針を大きく変更していれば、きっと容疑者が浮かび上がったはずだ、と。その頃には、俺もかなりベテランになっていたから、あのときの筋読みが、絶対に正しかったと確信できたんだ」

いまでも未練が断ち切れていないのか、中島が盛大にため息を吐いた。

《一つ星》とは、巡査の隠語である。

四

安田が赤城と早稲田《わせだ》駅の改札口を出たのは、午後三時過ぎだった。

宮崎肇の実家のある蘇我での聞き込みの後、千葉県内を四か所歩きまわり、大学時代の友人やアルバイトをしていた塾の経営者から、その人となりを聞き取りした。これから、非常勤講師を務めている大学へ回るところだった。

それらの聞き取りによって、その人となりだけでなく、暮らしぶりについても浮かび上がってきたのである。大学院の修士課程を修了した後、彼は知り合いから声を掛けられた非常勤講師の口を五つ抱えていたという。しかし、それだけでは、とうてい生活が立ち行かないということで、津田沼《つだぬま》にある中学生相手の学習塾の英語の講師もしていたのだった。週に三日、午前から夕刻までの勤務だという。大学の非常勤講師よりも、そちらが本職という感じだった。

「それにしても、宮崎という人間は、あまり評判がよくありませんね」

駅前を右に折れて、横断歩道を渡りながら赤城がつぶやいた。

周囲には、雑居ビルが建ち並んでいる。

「優秀な者に対するやっかみもあるかもしれんが、本人の言動にも不評を招く要因があるんだろうな」

安田は言葉を返した。歩道を足早に進みながら、ハンカチで額の汗を拭《ぬぐ》い、大学で同じ学部に所属していたという男が口にしていた言葉を思い浮かべる。

《あいつは、平凡なサラリーマン志望の同級生たちのことを、腹の底で軽蔑《けいべつ》していましたよ——》

そう口にしたのは、千葉駅近くにある大型書店に勤めている人物だった。ワイシャツに背広のズボン、ネクタイも締めて、その上から書店の前掛けをしていた。雑誌の書棚を手際よく整頓《せいとん》しながら、傍らの安田たちに言葉を続けたものである。

《——凄《すご》い美術史の論文を発表して、世界的な研究者になるんだって、コンパの席でいつも大言壮語していましたっけ。日本中の美術館にほぼ漏れなく行ったことがあるって、こっちが訊《き》きもしないのに、あの美術館はどうのとか、一人悦に入って偉そうに講釈を垂れていましたね》

「上昇志向が強烈という感じでしたね」

同じことを思い出していたのか、赤城が言った。

安田はうなずく。

「自分の進路に反対した父親に対する意地もあったんだろう。しかし、高校で同級だったやつの母親が口にしていた言葉を思い出せよ」

「何のことですか」

「《美術史で大学院を出ても、就職先は美術館や博物館の学芸員とか、大学の研究職くらいしかない》、《よくて、関連する分野の出版社や教員などに限られるらしい》と言っていたじゃないか。潰《つぶ》しが利かない典型だろう」

「だから、後戻りができないってことですね」

「ああ、研究者として頭角を現すか、それとも――」

言いかけた安田を、赤城の言葉が継いだ。

「大学の専任講師になるか、のどちらかということですか」

「その通りだ。どうやら、こちらの筋読みが本筋、という可能性が色濃くなってきたと思わないか」

「手応《てごた》えは、十分にありますね」

目つきを鋭くして、赤城がうなずく。

安田は、津田沼にあった学習塾の経営者が口にしていた言葉も思い出す。そこで、聞き取りをしているうちに、宮崎が講師のアルバイトを辞めることを仄《ほの》めかしたことを聞き込んだのである。

《それは、何時《いつ》のことですか》

赤城の問いに、学習塾の経営者はしばし考えこんだものの、やがて口を開いた。

《確か、あれは三月頃だったと思いますね》

《しかし、宮崎さんは大学の非常勤を五コマほどしか持っていなかったんでしょう。私ら詳しくは知りませんけど、その程度じゃ生活していけないはずだし、ここを辞めるなんて、ほかに何かいい稼ぎ口でも見つかったんでしょうか》

《やっと大学の専任に決まりそうだって、嬉《うれ》しそうに話していましたよ》

その言葉に、赤城と安田は顔を見合わせたものだった。

すると、経営者の男が言葉を続けた。

《あれについちゃ、相当に自信があったみたいでしたよ。今度こそ、絶対に採用されるはずだって言いきっていましたから。だから、不採用の通知を受け取ったときは、相当に落ち込んでいたようでしたね》

額に浮かぶ汗をハンカチで拭いながら、安田は赤城を促して足を速めた。

安田と赤城が、宮崎が非常勤講師を務めているという大学を二か所回り、三か所目の都内の大学の教務課に立ち寄ったのは、午後五時近かった。

先に回った二つの大学では、目ぼしい発見はなく、空振りに終わった。

「非常勤講師の宮崎肇先生ですか——」

教員室の横手にある教務課のカウンター越しに、紺色のスーツ姿の若い女性教務課員が《出講表》を繰りながら言った。

「ええ、その方について、三月三日、四月十日、それに六月五日に、授業をお持ちだったかどうかを教えていただきたいんですけど」

教務課員が、キョトンとした顔を向けた。

「三月三日でしたら、大学はとっくに春休みに入っていますので、授業はありませんから、調べるまでもありませんね」

言いながら、素早く《出講表》の月日を遡《さかのぼ》って繰る。そして、手が止まった。

「六月五日は、宮崎先生は三限、四限の授業をお持ちですね。しかし、この日は休講していますす」

「休講している」

鸚鵡返《おうむがえ》しに言った安田に、女性教務課員がうなずく。

「六月三日に、休講の届けが出されています」

安田は、赤城と顔を見合わせた。

船橋にある溝田真輝子のマンションに、宮崎が姿を現したのは、突発的な事態ではなく、やはり計画的な行動だったのだ。しかし、どのような目的のために、マンション内に入り込んだのだろう。しかも、一時間近くしてから、彼はマンションから出ている。それは、彼女を待ち伏せするためだったのだろうか。

しかし、昨晩の捜査会議において、香山が指摘したように、彼女が非常階段を使って駐車場に行くことを、宮崎は知る由もなかったのだ。しかも、被害者を突き落とすために非常階段の五階の踊り場に行ったとしたら、その後、どうやって現場から逃走したのだろう。

安田が黙り込んでいると、横から赤城が言った。

「四月十日はいかがですか」

「四月十日は、今年度の最初の授業が行われた週ですね」

言いながら、女性教務課員がまたしても平然と《出講表》を繰った。

五

「溝田さんなら、確かに二月十五日にこの美術館へ調査に見えましたよ」

学芸員の早坂澄夫《すみお》がうなずいた。

「そのときのことを、詳しくお聞きしたいんですが」

相楽が言った。

その傍らで、香山も二人を見つめている。千葉県立近代美術館の応接室で、三人は対座していた。溝田真輝子の事件のことを告げて、その捜査に当たっていると切り出したところである。

早坂は背の高い男性で、眉《まゆ》も目も細く、穏やかそうな顔立ちをしていた。歳は三十代半ばくらいだろう。美術館はいま臨時休館中で、展示替えの最中だと口にしていた。そのせいか、ワイシャツを腕まくりしており、紺色のスラックスにサンダルというなりだ。ネクタイは外しており、結婚指輪も腕時計も嵌《は》めていない。

千葉県立近代美術館は、京葉線の千葉みなと駅から徒歩で二十分ほどの場所にあった。港湾部の広々とした道路沿いにある、褐色の煉瓦《れんが》造りの巨大な建物である。建物の裏側は、千葉港に隣接した大きな公園となっており、その公園の端に広い駐車場があり、見上げるほど高層なポートタワーも屹立《きつりつ》している。

美術館のエントランス・ホール側の玄関は閉じられていたので、建物裏の受け付けを通して連絡すると、五分ほどして早坂が現れて、建物一階にある応接室に案内されたのだった。

応接室は蛍光灯の灯《とも》った、八畳ほどの無機的な部屋で、壁際にスチール製の本棚が置かれており、美術全集や展覧会図録が整然と並べられている。

「あの日の調査のことですか。別にかまいませんけど」

早坂が鷹揚《おうよう》にうなずく。

「調査に立ち会われたのは、確か五十嵐学芸部長とあなたでしたよね」

「ええ、もっとも、学芸部長が立ち会っていたのは最初だけで、最後まで付き添っていたのは私です」

「ずっと立ち会われていたのですか」

「もちろんです。外部の方の調査の場合、原則的に学芸員が終始立ち会うことが決まりになっています。むろん、実績のある研究者で、こちらがよく存じ上げている方の場合は、例外もありますけど」

「どんな例外ですか」

「外部の研究者にとって、どうぞご自由に、と館の人間の立ち会い抜きに作品調査を許可されることが、最高の扱いとされるんですよ。つまり、それだけ信頼されているということですからね。しかし、今回は新収蔵品であり、門脇修太郎の最高傑作の可能性もあり、溝田さんといえども、立ち会い抜きというわけにはいきませんでした。しかも、ここの美術館の収蔵庫に入る際には、館の人間が必ず二人で入らなければならないという内規もあるんですよ」

相楽が香山と顔を見合わせ、視線を戻すと言った。

「どうしてですか」

早坂がかすかに歯を見せて言った。

「かなり以前のことになりますが、都内のある私立美術館で学芸の幹部クラスの人間が、収蔵庫から重要資料を密《ひそ》かに持ち出して、業者に売却してしまうという大変な不祥事があったんです。それ以来、多くの博物館や美術館で、年に一回、管理課の人間立ち会いのもとに、収蔵品の総棚卸をすることや、収蔵庫への立ち入りに際して、複数人で行うというルールが導入されたんです。ともかく、美術品というものは、ほんの些《さ》細《さい》な油断や慢心によって、いとも簡単に劣化したり、失われたりしますから、細心の注意が必要です」

「ほう、そういうものですか」

「いまお話ししたのは人災ですが、天災にも当然備えなければなりません。この前の大きな地震の時、壊滅的な被害を受けた美術館では、それ以降、完全耐震型の展示ケースに切り替えたんですよ。そうそう、単純なところでは、火災も要注意ですね」

「しかし、これほどの規模の大きな最新施設なら、スプリンクラーが設置されているんじゃないですか」

相楽の言葉に、早坂がすぐにかぶりを振った。

「いいえ、美術館には、スプリンクラーは絶対にあり得ません」

意外の念を覚えたのか、相楽が香山と顔を見合わせた。

すると、早坂が言葉を続けた。

「火災が生じて、スプリンクラーが自動的に稼働すれば、美術品が水浸しになってうしまいますから。そのため、かつては美術館の消火の手段として、ハロン・ガスの自動消火装置が備えられていました。ハロン・ガスというのは瞬時に大気中の酸素を奪ってしまう物質ですから、どんな激しい火災でも消し止められます。しかし、ハロン・ガスはオゾン層を破壊するということで、かなり以前に法律で使用禁止となり、いまは窒素ガスの消火装置に切り替えられています。しかし、高濃度の窒素ガスを人間が吸引すると、死亡の恐れがありますから、装置の稼働に先立って、全館に緊急放送を流して、館内の人間が一人残らず避難したことを確認してからでないと、使用することはできません」

「なるほど。——それで、調査というのは、具体的にどんなことをするんですか」

「調書を取り、手控え用の写真を撮影します。それから熟覧するんです」

「たったそれだけ？」

「ええ、それが美術作品の基本的な調査というものです」

「それで、いったいどんなことが分かるんですか」

「実に色々なことが分かりますよ。まず、絵の主題です。それから、表現や技法の特徴と個性、制作年代や作品が制作された背景の事情、芸術家の創作の意図までが分かる場合もあります。そうそう、即物的な画材の特徴も判明しますね。ただし、より多角的に調べるために、こうした目視による基本的な調査に加えて、エックス線写真を撮ることもありますし、古い絵画――例えば、仏画のようなものの場合には、医療などに用いる高度な撮影機材で拡大撮影をして、描かれている絹地の一平方センチ当たりの経糸《たていと》と緯糸《よこいと》の本数までカウントすることもあります」

「それで、どんなことが分かるんですか」

「前者からは、エックス線の透過度の確認により、肉眼では確認することのできない制作工程が判明しますし、後者からは、画絹《えぎぬ》の質、織目の状態、糸の太さの均質性などの確認により、作品の材質面からの上質性が確認できます」

その言葉に、相楽が香山と顔を見合わせ、それからおもむろに言った。

「早坂さん、ついでといっては失礼かもしれませんが、その門脇修太郎の作品というのを、私たちも拝見させていただけませんか。捜査を進めるうえで、何かの参考になるかもしれませんから」

すると、早坂が即座にかぶりを振った。

「いきなり言われても、私の一存でお見せすることはできません」

「どうしてですか」

意外の念に捉《とら》われたように、相楽が言った。

「この美術館の正式な収蔵品となったからには、いわば県民の財産です。正式に申請していただき、最終的には館長の許可を得なければ、警察の方といえども、お見せすることはできません」

「しかし、溝田さんには調査を許可されたんでしょう」

「ええ、あの方は正式な申請をされて、館長からの許可を得ましたからね。だいいち、彼女は東京国立近代美術館に収蔵されている多数の門脇作品を徹底的に調査されて、妻である瑞枝が残した日記の内容についても詳細に把握していますし、学術論文を何本も発表されているんです。いわば専門家ですよ。うちの美術館の展覧会図録の解説の執筆をお願いしたこともあります。ちなみに、門脇夫妻が亡くなった後、遺言に従って、彼の手元にあった全作品とパレットや絵筆、イーゼル、それから瑞枝の画材や日記もすべて、竹橋《たけばし》にある東京国立近代美術館に寄贈されました」

「それで、あなたの方から、溝田さんに新収蔵品となった門脇作品について連絡を入れたわけですね」

「ええ。優れた研究者と美術館は、持ちつ持たれつの関係です。門脇のその作品は、この六月十一日から始まる新収蔵品展で展示する予定になっています。ちょうど、その前日、オープニングのレセプションを兼ねて、溝田さんがその作品についての論考を特別講演会で口頭発表される予定になっていました。しかし、今度のことで、特別講演会は見合わせることになりました。とはいえ、オープニングのレセプションそのものは、予定通り行われます。当日は、美術に関心のある文化人をはじめ、門脇の研究に携わっている様々な研究者、それに、同時にプレスプレビューも行われますから、テレビや新聞社などのマスコミも多数出席するはずですよ」

相楽が黙り込んだので、香山は言った。

「亡くなられた溝田さんの手帳に、彼女のスケジュールと簡単なメモ書きが残されていたんですけど、こちらで調査したとき、糀谷画廊の糀谷さんと名刺交換したと記されていました。糀谷さんというのは、どういう方ですか」

「日本橋《にほんばし》にある糀谷画廊のご主人です。西洋画はもちろんのこと、日本人の油彩画やエッチングなどを手広く取り扱ってらっしゃいます。溝田さんが調査に見えることを、たまたま電話でお話ししたら、お近づきになりたいと同席を望まれましてね。うちとしても、糀谷さんには大変にお世話になっていますから、学芸部長の許可を取って、私が顔合わせをセッティングしたというわけですよ。彼女の方も、画廊との繫《つな》がりは大歓迎のようでしたから、何も問題はありませんでした。調査の時も絵を見ながら、立ち話でいろいろと意見を交換されていましたっけ」

「その調査は、どこで行われたんですか」

「収蔵庫の前室です」

「前室？　それはどういう場所ですか」

「収蔵庫の金庫扉の前のスペースのことで、収蔵庫内に微細な埃《ほこり》や塵《ちり》を持ち込まないために、作品の梱包《こんぽう》や荷解《にと》きなどの作業を行う場所となっています。作品の調査も、たいていそこで行います」

「彼女の手帳には、《まったく未発表の作品に驚く。白眉堂のカタログ・レゾネにも記録のない作品》という記述もありますが、この白眉堂というのは、何ですか」

「銀座の老舗《しにせ》の画廊です。――そうそう、いま話に出た糀谷さんは、ずっと以前、その白眉堂に勤めていたんですよ。晩年の門脇さんを担当していた人で、しじゅう成田にあった自宅兼アトリエに出入りしていて、夫妻からとても可愛がられていたと聞いたことがあります」

「カタログ・レゾネというのは？」

「特定作家の総作品目録のことです」

「門脇のすべての作品を、どうして白眉堂が把握しているんですか」

「それはつまり、門脇にいち早く目を付けたのが、白眉堂の先代の遠藤達吉《たつきち》社長だったからですよ」

「それは、どういう経緯だったんですか」

「まだ芸大の一年生だった門脇が、たまたま銀座の白眉堂に足を踏み入れたのは、おりから開催中だった佐伯祐三《さえきゆうぞう》の小品展を見るためだったそうです。そして、熱心に作品に見入る貧しい身なりの彼の手に、油絵具が付いていることに気が付いて、遠藤社長が声を掛けたのが、二人の終生の付き合いの発端だったとされています。遠藤社長は、彼が芸大の画学生と知り、たまたま抱えていたスケッチブックを見せてもらったんです。その途端に、雷に打たれたような衝撃を受けたと、何かの本に書いていましたっけ。門脇の才能を見抜いて、その場で学資の援助を申し出たんだそうです。そして、彼が芸大を中退して渡米するにあたり、すべての資金援助をしたのも遠藤社長でした」

「それほどの才能だったんですか」

相楽の驚きの言葉に、早坂が深々とうなずく。

「ええ、今日の目から見ても、門脇の若描きは、見る者を興奮させずにおかない斬新《ざんしん》な創意に満ちていますね――」

そう言うと、早坂はおもむろに立ち上がり、壁際の本棚に近づいた。そして、美術全集の中の一冊を抜き取ると、ページを開きながらソファに戻って来て、相楽と香山に向けてその大型本をローテーブルに置いた。

釣り込まれるように、香山はそこに印刷されている絵に見入る。

隣で、相楽も無言で目を向けた。

雪を思わせる真っ白な画面に、灰色のか細い線で人の姿が描かれている。さながら、濃い靄《もや》の中に立つ人の姿を彷彿《ほうふつ》させる。画面の右下に印刷されたキャプションは、

《Abstraction 1》となっていた。

正直な感想として、この絵のどこがいいのか、何がそれほどまでに独創的なのか、香山には判断が付きかねた。

同じような困惑を覚えているのか、相楽も言葉がない。

すると、早坂が口を開いた。

「印刷ですから、作品が放つ圧倒的なオーラはとても看取できないでしょうが、実物はこの白い部分が厚塗りとなっていて、実に滑らかな画面なんですよ。そこに、息を呑《の》むような緊張感に満ちた細い描線が、いっさいの乱れも躊躇《ためら》いもなく引かれています。——ともあれ、こんな経緯から、門脇作品は白眉堂が一手に取り扱うようになりました」

「なるほど、それでカタログ・レゾネというものを作れたわけですね。——しかし、そうだとしたら、溝田さんの《白眉堂のカタログ・レゾネにも記録のない作品》という記述は、どういうことになるんですか」

香山の言葉に、早坂が黙り込んだものの、声の調子を落として言った。

「そのことについては、お答えしかねます」

「どうしてですか。だいいち、その門脇の未発表の作品を、こちらの館はどこから入手されたんですか」

「美術館には、作品に関して守秘義務がありますから、入手先についても、何もお答えできません」

香山は、相楽と顔を見合わせた。医師や弁護士の守秘義務なら当然知っているが、美術館の学芸員にそんなものがあるだろうか。

そのとき、香山のスマホが着信を知らせた。

「失礼」と言って、香山はソファから立ち上がると、応接室の隅へ行き、スマホを内ポケットから取り出した。画面に《米良》の名前が浮かび上がっている。通話にして耳に当て、小声で言った。

「香山です」

《米良だ》

「何かありましたか」

《安田たちが、宮崎肇が非常勤講師を務めている大学で聞き取りをしたところ、気になることが判明したぞ》

「何ですか」

《溝田さんが、船橋駅のホームから突き落とされそうになったことがあっただろう》

「ええ。確か四月十日の朝でしたね」

《その日、宮崎肇は一限から授業が入っていた。しかも、場所は都内の大学だ》

香山は、しばし返す言葉がなかった。

ソファにいる相楽が、首を捻《ひね》って険しい顔つきでこちらを見つめている。

「ということは、やつにアリバイがあるということですか」

《ああ、そうなる。安田たちが念のために、教務課で調べてもらったところ、確かに出講のサインが台帳に記されていたそうだ》

「出講のサイン？　それは何ですか」

《授業のある日、大学に来た教員は、教員室に備え付けられている台帳に、手書きで自分の名前を必ず書き込む決まりになっているそうだ。安田たちの見立てだが、宮崎のサインは、ほかの出講日のそれと同じ筆跡としか考えられなかったそうだ。しかし、もう一つの知らせは、捜査の進展に繋がるかもしれん》

「もう一つの知らせ？　何ですか」

《宮崎は、六月五日にも授業を持っていたが、二日前の六月三日に、休講の届けを出していたんだそうだ》

つかの間、香山は言葉がなかった。やはり、宮崎が真輝子のマンションに現れたのは、計画的な行動だったのだ。

《――香山、聞いているのか》

米良の声で、香山は我に返った。

「ええ、聞いています」
《しかも、安田たちはその大学での聞き取りを終えて、四つ目の大学へ回ったそうだが、そこで、さらに面白いことを耳にしたぞ》
「さらに面白いこと？」
《ああ、宮崎は、五月中旬にその大学の授業でセクハラ問題を起こしている。授業に五分ほど遅刻してきた女子学生に対して、宮崎が遅刻した理由を詰問したところ、その女子学生が、体調が悪かったと答えたらしい。すると、宮崎は、――女はそういう言い訳ができるからいいよな――とこれ見よがしに皮肉を言い放ったとのことだ。その一言で、セクハラになるとは、俺も驚いた》
「いいえ、係長、それは普通にセクハラですよ。女性に対して、想像力や配慮に欠ける言い方です」
《そういうものなのか。ともかく、その女子学生が、大学が設置しているセクシャルハラスメント委員会に訴え出て、宮崎は事実上解雇を言い渡されたそうだ。しかも、その解雇を申し渡された日が、六月二日だった》
「分かりました」
言うと、香山は通話を切った。
その後、二人は質問を重ねたものの、真輝子の調査について、事件との関連を窺《うかが》わせるような証言は得られなかった。

二人は礼を言い、美術館を後にした。


美術館の外へ出ると、二人はすぐに千葉みなと駅に足を向けた。

香山は歩きながら、肩を並べている相楽に、米良からの連絡の内容をかいつまんで説明した。

「だったら、船橋駅のホームから溝田さんを突き落とそうとしたのは、絶対に宮崎ではないってことか」

相楽の言葉に、香山はうなずく。

「そうなります。しかし、それでも、宮崎が事件と何らかの関わりがあることは間違いないでしょう」

「セクハラ問題で、六月二日に非常勤を解雇になり、それが引き金になって、溝田さんへの逆恨みを増幅させたと見るわけだな」

「可能性は、十分にあると思います。昨晩の捜査会議の席上、立川が指摘していたように、付き合っていたときに、宮崎は、溝田さんの部屋の合鍵《あいかぎ》をこっそりと作っていたのかもしれません」

「六月二日に、非常勤を解雇されたことで、いっそう憤激を募らせた宮崎は、六月三日に別の大学の非常勤の休講届けを出した。そして、六月五日の午後四時十分に、その合鍵を使ってあのマンションの五〇三号室に侵入して、オートミールの中に蕎麦粉《そばこ》を混入し、彼女の研究のデータと資料をすべて奪い、午後五時三分にマンションから出た、という流れだったと読むわけか」

「ええ、その通りです。しかし、この推理には、いまのところ証拠が何一つありませんから、現時点で、宮崎を押さえることはできません。そのうえ、今度の一件には、宮崎以外の第三者が関わっていると考えざるを得ない要素もあります」

うーんと相楽は唸《うな》り、言った。

「門脇の作品調査のことは、どう見た」

「早坂学芸員の話を聞くうちに、増岡の主張がますます気になってきました。門脇作品については、白眉堂がすべて把握していたはずにもかかわらず、カタログ・レゾネにもない作品で、その入手経路までが不明。作品の存在自体が、何だか得体のしれない謎を孕《はら》んでいるような印象を受けませんか。むろん、作品を実際に見ることができていれば、別の見方になっていたかもしれませんが。ともあれ、溝田さんは門脇の未発表の作品から、いったい何を読み取ったのでしょうね」

「ああ、凄《すご》い発見をしたと、妹の福田美千代さんに言ったんだったよな。どうして、その発見のほんの一端でも、美千代に話しておいてくれなかったんだろうな」

香山は深々とうなずく。事件に巻き込まれて亡くなった被害者について、しばしば痛感させられるのは、捜査に当たる刑事が、まさにこの《死人に口なし》という状況の前で切歯扼腕《せっしやくわん》せざるを得ない状況に陥ることなのだ。だが、いまは立ち止まっている場合ではない。

彼は言った。

「捜査会議のときに、美術の研究が殺人の動機になるのかと、安田警部補は揶揄《やゆ》していましたけど、もしかしたらと思いたくなります。それに、もう一つ気になることがあります」

「気になること？」

「ええ、早坂学芸員は、その門脇作品の入手先をこっちに教えてくれませんでした。だけど、もしかしたら、糀谷という画廊主から手に入れたんじゃないでしょうか」

「どうして、そう思う」

「相楽さんがその作品を見せて欲しいと言ったとき、早坂さんは即座に拒否したでしょう。そのくせ、溝田さんとお近づきになりたいという糀谷の願いを入れて、学芸部長の許可だけで、油絵の調査時に顔合わせをセッティングしたと話していたじゃないですか」

「なるほど、糀谷がその作品を美術館に収めたので、正式な手続きを省略しても構わなかったと読むわけか」

「しかし、そうなると、疑問も湧いてきます」

　香山の言葉に、相楽がすぐに言った。

「糀谷は昔、白眉堂に勤めていた。そんな人物が、どうやって白眉堂が把握していない門脇作品を入手できたのか、と言いたいんだな」

「ええ、その通りです。――それから、これは昨晩の捜査会議のとき、ふと考えたことなんですが」

「何だ」

「溝田さんは二度までも命を狙われて、そのことを大学の先輩にあたる市村寿子教授にだけ相談しています。子供の頃から気が強くて、母親や妹に弱音一つ吐くことのない女性だったことを考え合わせれば、よほど気掛かりだったのではないでしょうか。だとしたら、その二度の事態に遭遇して以降、彼女は自分の周囲にそれまで以上に気を配り、警戒を怠らなかったはずです」

「なるほど、十分に考えられるな」

「そんな彼女が、どうして非常階段の五階の踊り場から突き落とされるような油断をしてしまったのか、不思議でならないんですよ」

「何か別のことに、気を取られていたのかもしれんぞ」

そう言われて、頭の中に詰まっている無数の記憶の断片を、香山は素早く思い返してみた。

真輝子の死に顔。

遺体のそばに落ちていたハンドバッグ。

車のキー。

非常階段の五階から目にした船橋の夜景。

そのとき、頭の中で閃《ひらめ》くものがあった。

「相楽さん、被害者のインスタグラムの写真を覚えていますか」

「ああ、捜査会議で配られたやつだろう」

「あの中に、非常口から非常階段の踊り場を写したものが含まれていましたよね。アップした日付は、六月三日でした。つまり、エレベータの定期点検が始まった日にも、彼女は非常階段を使ったのでしょう。最初、あの写真を目にしたとき、踊り場からの何の変哲もない夜景を撮影する必然性が、まったく感じられませんでした。しかし、いま考えてみれば、溝田さんは念願だった大学の専任講師の座を手に入れ、門脇作品についての論考を完成させて、晴れの記念講演会まで控えていました。そのうえ、佐島美術財団の奨学金まで獲得できることになったんですよ。まさに前途洋々の将来に、気持ちがこれ以上もなく昂《たかぶ》った状態だったんじゃないでしょうか」

「六月五日の夕刻も、二日前と同じように興奮して、つい油断してしまったというのか」

「ええ、しかも、六月三日の写真は、マンション内の通路から撮影されています。当然、非常口の鉄扉は開いたままのはずです。となれば、五日の夕刻も鉄扉を閉めないまま、踊り場へ出たんじゃないでしょうか。そのとき、何者かが彼女の背後から近寄った。そして、いきなり突き落とすと、開いたままの鉄扉からマンション内へ入り、鉄扉を閉めればどうでしょう」

「それが、防犯カメラの映像に映り込んでいた繋《つな》ぎ姿の小太りの男だったと、そう読むんだな」

「ええ、これ以外に、明智さんが目撃したという踊り場の人影が、その場から姿を消す方法はあり得ません」

そう言うと、香山はジャケットの内ポケットからスマホを取り出して、船橋署の番号をタップした。

早坂からの聞き取りの内容と、たったいま思いついた推理を、捜査本部にすぐに報告しておかなければならない。こうした一つ一つの細かい情報が、何時《いつ》どこでほかの要素と結びついて、事件の真相を浮かびあがらせないとも限らないのだ。

シルバー・メタリックのスバル・レガシィの揺れに身を任せながら、増岡は車窓から成田市内の街並みを見つめていた。

中島警部からの聞き取りを終えた後、彼が手配してくれた成田署の覆面パトカーで、門脇夫妻が惨殺されたという現場へ向かっているところだった。

「ねえ、三宅さん、捜査記録や中島警部の説明をどう思いました」

増岡の問いかけに、ハンドルを片手で握っている三宅が、正面に目を向けたまま口を開いた。

「どうって、成田署に置かれた特別捜査本部が当時、懸命の捜査を行ったことは間違いなさそうだな。しかし、犯人を特定する物証がほとんどなかったうえに、決定的な目撃証言もなかったんだから、迷宮入りもやむを得なかったのかもしれんな。——そういう、おまえこそ、どう思ったんだよ」

「一つ、気になったことがあるんです」

「何だよ」

「ほら、捜査記録にも、中島警部の話にも、門脇修太郎の家から五十メートルほど離れた雑木林の中から、軍手が見つかったという事実が含まれていたでしょう」

「ああ、確かに含まれていた」

「その軍手には、油絵具が付いていたんですよ」

「それが、何だっていうんだ」

「その油絵具の付着状況は、手にでも付着したものを拭《ぬぐ》うためだったろう、と中島警部がおっしゃっていたじゃないですか」

「おい、こっちにちゃんと分かるように説明しろよ」

苛立《いらだ》つように、三宅が言う。

「殺された門脇は、その軍手の片割れと思われる軍手を握り締めたまままこと切れていたんですよ。だとしたら、犯人は軍手をむしり取られた素手で、油絵具に触れたってことでしょう」

「ああ、警部もそう読んでいたな。だから何だっていうんだ。門脇は画家だったんだぞ。そのアトリエで犯人と揉《も》み合いとなりゃ、犯人の手に油絵具が付くことくらい不思議はないだろう」

「だったら、その剝《む》き出しの油絵具というのは、アトリエの中のいったいどこにあったんですか」

「そりゃまあ、常識的に考えて、パレットだろうな。現場のアトリエを鑑識課員が撮影した写真の中に、フローリングの床にパレットが落ちていたものが含まれていたことを覚えているだろう」

「確かに、その可能性は否定できませんよ。でも、もう一つ、油絵具が剝き出しになった場所があるじゃないですか」

「どこだよ」

「イーゼルに立てかけられている制作中の油絵ですよ」

つかの間、三宅が黙り込んだものの、すぐに口を開いた。

「なるほど、確かに油絵具ってやつは、水彩絵具と違って、塗っても、それほど速くは乾かないらしいからな。しかし、捜査記録によれば、門脇の作品は、一つ残らずアトリエに隣接した納戸に仕舞われていて、傷一つついていなかったんだぞ」

「でも、瑞枝という奥さんの日記に、四月二十七日の晩、門脇修太郎はその日の油絵制作を終えて、いつものように酒を呑《の》んだと書かれていたっていうじゃないですか。つまり、その記述にある作品は、制作途中だったってことになります。その絵は、いったいどうなっちゃったんですか」

「そいつも、納戸に仕舞ったんじゃないのか」

「油絵具が、まだ乾いていないのにですか」

三宅が肩を聳《そび》やかす。答えが見つからない時の、誤魔化しのポーズだ。

増岡はかまわずに続けた。

「そこで、にわかに気になるのが、溝田さんが調査したという門脇の未発表の作品の存在ですよ」

「だったら、平成七年四月二十七日の晩、門脇夫妻を殺害した犯人は、その油絵まで奪い去ったと言いたいのか」

「可能性はあるでしょ」

「そこも、想像が飛躍し過ぎていると思うな」

「どうしてですか」

「犯人は、貴金属類にいっさい手を付けていなかったんだぞ。下手に売り捌《さば》いて、足が付くのを恐れたという中島警部の読みは、まず外れていないだろう。まして、油絵なんて面倒なものを奪ったとしても、素人がどうやって金に換えるんだよ。有名な門脇修太郎の作品なんだぜ、下手に画廊に持ち込んだりしたら、たちまち疑われて、警察に通報されて一巻の終わりだ。それに、百歩譲って、油絵を盗むというのなら、制作中の作品よりも、油絵具がすっかり乾いたやつを持っていくんじゃないのか」

「だったら、溝田さんの研究していた未発表の作品っていうのは、いったいどこから現れたっていうんですか」

「あのな、大芸術家とはいえ、門脇も人間なんだぞ。親しい友人とか、仲のいい親戚《しんせき》とかから、是非とも一枚絵を描いてほしいと頼まれて、絵を描いてやるってことが、なかったと言い切れるのか。そんな絵が回りまわって、美術館に収まったという可能性も否定できないだろう、違うか」

「そうかしら」

「まだ疑問があるのかよ」

言われて、増岡は体を三宅の方に向けた。

「溝田さんは、妹の福田美千代さんに、電話で、《こんなことを美術史の論文で発表していいのかしら》って言ったというじゃないですか」

「その《こんなこと》っていうのが、その油絵が奪われたものだっていうことなのかよ、アホくさい」

呆《あき》れたという顔つきで、三宅は首を振った。そして、唇を真一文字にすると、大きく息を吸い、それを吐き出すと言った。

「よし、それなら、試しに、その筋読みが正しいと仮定してみようじゃないか。しかし、それでもまだ、絵の研究が原因となって、被害者が非常階段から突き落とされたという論法は成り立たないぞ」

「どうしてですか」

受けて立つ気持ちで、増岡は言い返した。

「仮に油絵が盗まれたものだとしても、それを盗んだ人間は、どうやって溝田さんの研究内容を知ったというんだ。その内容は、六月十日に記念講演会で初めて発表する予定だったんだから、溝田さん以外には、誰もまだその内容を知っちゃいないんだ」

「いいえ、そのことなら、彼女の研究のデータや資料が見当たらないという事実があるじゃないですか。それを見れば、研究内容は誰でも分かりますよ」

言い返した増岡を、ハンドルを握ったままの三宅が一瞬見て言った。

「おい、興奮し過ぎて、筋道の順序が混乱していることに気が付かないのか」

「どういう意味ですか、それって」

増岡は頰を膨らませる。

「研究データや資料が紛失したのは、どう考えても六月五日のはずだぞ。仮に、それ以前に、そんな大切なものが紛失すれば、溝田さんが騒がないはずはないじゃないか。そして、その六月五日に彼女は墜落死したんだ。もしも、絵の研究が殺害の動機だったとしたら、その犯行よりも前に、彼女の研究内容を知る必要があるんだぞ。しかも、どこの誰かは知らないけど、市井の一美術史研究者の研究内容を、門脇夫妻を殺害したっていう犯人がたまたま目にするなんて、そんな都合のいい偶然があり得ると思うのか」

完膚なきまでにやり込められた気分で、増岡は黙り込むと、大きく息を吐き、車窓に目を向けた。

成田市街を出ると、似たような仕様の建売住宅が続く通りに差し掛かった。

そこを抜けると、民家が途切れて、畑が茫漠《ぼうばく》と広がっている地域へ出た。

所々に、こんもりとした雑木林に被《おお》われた小山が点在している。

たまに農家があり、金属枠のビニールハウスが目に付き、ボイラー用のアルミ製の銀色の煙突が突き出している。

狭い墓所もあり、二、三十基の小さな墓石が忘れ去られたように点在していた。

狭い道に面した雑木林は鬱蒼《うっそう》と緑が生い茂り、《不法投棄禁止》と記された立て看板が目に留まる。

それにしても、門脇修太郎は変人だ――

増岡はあらためて思う。

雑木林の丘に、老夫婦二人だけで暮らしていたなんて。

まあ、芸術家というのは、そういう人種なのだろう。

道の右脇にあるゆるやかな坂道に、三宅が車を乗り入れた。

ナビ画面と音声の指示に従ったのだった。

門脇の自宅兼アトリエは、この湾曲した坂道を二百メートルほども上った先にあったのだ。

アスファルトの舗装道路から土が剝き出しの小道に差し掛かると、タイヤの立てる音も振動も変わった。

遠くに、古い平屋の日本家屋が見えてきた。

昔風の瓦《かわら》屋根で、木造のレトロ・モダンな感じの漆喰《しっくい》壁の建物。

母屋の前の広々したスペースに、三宅がスバル・レガシィを停車させた。

増岡は、すぐに車から降り立った。

小鳥の囀《さえず》りが、耳に心地よく響く。

夏を思わせる陽光だ。

だが、三宅とともに歩み寄ると、無人の廃墟《はいきょ》であることが露《あら》わになった。

家全体がわずかに傾いており、丈の高い雑草に覆われている。

漆喰壁にびっしりと蔦《つた》が絡みつき、木材は黒く変色して腐敗していた。

惨劇が起きたせいで、買い手が付かなかったのだ。

辺鄙《へんぴ》な場所なので、やじ馬すら近づかぬまま、二十年以上もうち捨てられたままなのだろう。

言葉もなく、二人はその廃屋を見つめた。

船橋署に置かれた捜査本部の警電が鳴ったのは、午後三時過ぎだった。

連絡係の女性警官がすぐに受話器を握り耳に当てた。そして、一拍の間の後、米良を振り返った。

「係長、防犯カメラを調べている立川・鈴《すず》木《き》班から、連絡です」

米良はうなずき、言った。

「何番だ」

「内線の二番です」

米良はそばにあった内線電話の二番のボタンを押し、受話器を耳に当てた。

今日も朝から、十人五組態勢で、現場マンション周囲五百メートル半径内の防犯カメラを虱潰《しらみつぶ》しに調べている。

昨今では、集合住宅の防犯カメラを始めとして、店舗やコインパーキング、駅、それに街頭の防犯カメラも珍しくない。都市部で何らかの犯罪に手を染めたものは、嫌でもそうしたレンズに捉《とら》えられてしまう可能性が高いのだ。

「米良だ」

《係長、立川です。私たちの調べた防犯カメラに気になるものが映っていましたので、係長にも直《じか》にご確認いただきたいんですが。場所は、天沼弁天池《あまぬまべんてんいけ》公園のすぐそばにあるコンビニ店舗です》

係長である米良は捜査本部に居残り、方々に散っている捜査員たちから五月雨《さみだれ》式に入る報告を受け、新たな指示を出す立場にある。

受話器を握り締めて、しばし考え込んだものの、すぐに受話器に向かって言った。

「容疑者に結びつく映像か」

《その可能性が高いと思われます》

「よし、分かった。すぐに行く」

受話器を置くと、別の留守番役の捜査員に声を掛けた。

「市内の防犯カメラで、何か出たらしい。ひとっ走りパトカーで確認に行ってくるので、ここを頼む」

「了解しました」

捜査員が目を輝かして言った。

六

「溝田真輝子さんのことは、新聞で読みましたよ。まことに残念としか言いようがありませんな」

佐島昇が穏やかな口調で言った。

サジマ屋本社社屋の十五階、その東南の角にある会長室で、安田と赤城は佐島と対座している。

JR品川《しながわ》駅から五分ほどの国道一号線沿いに、サジマ屋の巨大な社屋は建っていた。十五階建てで、建物全体が総ガラス張りのように見える。道路沿いの間口の幅は、ゆうに二百メートルはあった。

その部屋は、三十畳ほどの広さがあるだろう。窓に捜査本部のホワイトボードよりも大きなガラスが嵌《は》められており、遥《はる》か眼下に、品川の町とJRを始めとする幹線鉄道の無数のレールの美しい夕景が見下ろせる。

その窓の近くに、執務を行う巨大なデスクが設《しつら》えられており、安田と赤城の座っている本革張りのソファ・セットは、そのデスクから十メートルも離れた部屋の中央に置かれていた。天井の窪《くぼ》みに、無数のLEDのライトが輝いている。

一方の大壁面に、学校の黒板よりも巨大な黒い抽象画が掛けられていた。美術に疎い安田には、誰の絵なのか、さっぱり分からない。

「ええ、その一件のことで、溝田さんと、ここ半年ほどの間に関わりのあった方々から聞き取りをしています。お忙しいとは思いますが、何卒《なにとぞ》ご協力をお願い申し上げます」

安田は丁寧な言葉遣いを心掛けた。署を出るときに、《くれぐれも粗相のないようにしろ》と、管理官の警視から釘《くぎ》を刺されたからだ。

昨晩の捜査会議の席上、安田が佐島美術財団からの聞き取りをしたいと提案したところ、船橋署の若い署長がわざわざ骨を折ってくれたのである。キャリア官僚である署長は、知り合いの経済産業省の事務次官にじかに電話を入れて、サジマ屋の上層部に取次ぎを依頼したのだった。すると、二時間ほどして、サジマ屋本社の秘書室長から船橋署の捜査本部に、CEOの佐島昇本人がじかに面談に応じてくれるという破格の了解が返って来たのだった。ただし、面談は午後六時半から三十分だけ、という指定だった。

奨学金へのすべての申請者たちに対する審査は、書類審査から始まり、最終面接に至るまで、佐島氏と二人の学識経験者が担当したという。その二人の学識経験者についての聞き取りは、相楽と香山が担当することになっていた。

「警察の調べのためでしたら、どんなことでもお話しいたしますよ。それが市民の務めというものですからね」

「溝田さんとじかにお会いになったのは、佐島美術財団の奨学金の最終面接の時だけでしたか」

安田はさっそく切りだした。

「ええ、その一度きりでした」

鷹揚《おうよう》にうなずく佐島昇を、彼は執務手帳と鉛筆を手にしたまま見つめる。歳は、六十半ばくらいだろう。体が大きく、茶色がかった薄い髪を綺麗《きれい》に撫《な》でつけた丸顔である。銀縁眼鏡を掛けたふくよかな顔だが、目鼻と口が顔の中央に集まったような感じで、その目が常に安田のことを観察するように動いており、頭の回転の速そうなエネルギッシュな印象を受ける。

ファッション関連の事業を展開している会社の会長だけあって、身に着けている濃紺の背広は、刑事たちの着ているような吊るしではなく、高級テーラーで仕立てたものと一目で分かる。

むろん、面談に先立って、安田と赤城は事前学習をしてきた。

佐島昇――

昭和二十九年生まれ。本籍、千葉県富里村《とみさと》。父佐島昭三《しょうぞう》、母泰子《やすこ》の長男として生まれる。生来、虚弱体質のうえに引っ込み思案で、小学校の成績は芳しくなかった。だが、図画工作だけは得意とした。小学六年生の夏、館山《たてやま》自動車道における交通事故で両親を失い、近隣で農業を営む母方の伯父《おじ》に養育される。

地元の工業高校を卒業後、千葉市内の食品工場に勤務。しかし、体を壊して、五年で退職。以降、居酒屋の店員、キャバレーの呼び込み、工事現場の臨時作業員、交通誘導員など、様々な仕事に就くも、人生の前半はホームレスまで経験するほどの辛酸を舐《な》める。軽犯罪で二度逮捕されたこともあり、この事実を、佐島昇は《若気の至り》と自伝において潔く認めている。

四十二歳のときに、倒産寸前だった富里市内の衣料品店を買い取り、社名をサジマ屋と改めて、ファストファッション事業を開始した。徹底した廉価販売による無在庫主義、デザインやスタイルを短期間に次々と変更する経営方針により、ヒットを連発して、店舗数を急拡大する。

六十歳で、外部企業から辣腕《らつわん》の取締役を引き抜いて、自身は経営権のある会長に就任。その事業手腕は国内外から高く評価されている。三年前、千葉県知事より名誉県民として表彰されているものの、超ワンマンという批判も少なくない。ネット上では、サジマ屋こそが、ブラック企業の最たるものという陰口まで囁《ささや》かれている。むろん、こうした佐島に関する詳細な情報については、捜査に携わっているすべての捜査員たちに共有されている。

中年に差し掛かってからいまの事業を始めて、ここまでの規模に引き上げたのか、と安田は改めて感嘆する思いだった。彼は、目の前の人物に目を向ける。その頭の中で、どれほど犀利《さいり》な計算が行われているのだろうと考えながら、言葉を続けた。

「最終面接を行ったのは、何時《いつ》でしたか」

「あれは、三月二十日でしたね」

「その面接というのは、どのような手順で行われるんですか」

「事前の書類審査については、審査を委嘱した二名の学識経験者の先生方にお任せしています。いくら奨学金を提供する財団のトップとはいえ、純粋に学術的な審査にまで、ただの素人に過ぎない私がしゃしゃり出ることは不適切ですから。したがって、研究計画書を始めとして、関連する添付書類に目を通して、最終面接に残す申請者を選ぶのは、そのお二人の役目です。彼らからの答申を受けて、最終面接の候補に残った人たちに、財団のトップとして、私がその旨の正式な書類を発送します。そして、最終面接において、申請者の研究の学問的な価値に加えて、私がそれらの人たちの研究者としての熱意、それに独自性を加味して、最終的な採用者を決定するんですよ。むろん、その時点で、最終面接に残った申請者のすべての研究計画書に私も目を通します」

「最終面接のときに溝田さんと会われて、どんなご感想をお持ちでしたか。忌憚《きたん》のないご意見をお教えください」

「とても意欲的な方だと思いましたね。何よりも、あの目がいい。面接に当たった私たちを、まっすぐに見据えて、揺らぎというものがありませんでした。しかも、佐島美術財団の奨学金の審査基準は、極めて高いことで知られていますが、そのハードルに果敢に挑戦する意欲を、臆《おく》することなく見せつけているように感じました。仕事柄、私はチャレンジ精神の旺盛《おうせい》な人間が好きなんですよ。彼女は、まさにそのタイプでしたね」

「意欲的ですか」

「ええ、日本人はどちらかというと、他人との衝突や軋轢《あつれき》を意図的に避けようとするじゃないですか。たとえ自分に理があっても、相手と気まずくなることを極端に嫌う。それが普通の日本人というものでしょう」

「溝田さんは、そうじゃなかったとおっしゃるんですね」

「ええ、自分の考えというものを、明確かつ雄弁に主張して、人の心を動かす。これは事業を引っ張り、組織を統べる人間にとって、絶対に必要な資質です。そして、研究者にとっても、なくてはならない素質の一つだと思いますね。あるお国柄では、三人が議論すれば、五つ政党ができると言われるほどだそうです。そのくらいの激烈な自己主張が、これからの日本人にも絶対に必要でしょう――」

そこまで言うと、佐島昇が真剣な顔つきを安田に向けた。

「――そんな人間を、いったい誰が非常階段から突き落としたんですか」

「まだ分かりません」

「そちらの調べで、容疑者は一人も浮かんでいないのですか」

「大変に申し訳ありませんが、捜査内容については、一切お話しできない決まりになっておりまして」

「ええ、それは当然でしょう。――それにしても、溝田真輝子さんの口頭発表がなくなってしまい、本当に残念ですよ。でもまあ、研究そのものは不滅だから、彼女の業績はこの先も永遠に残るわけですが」

その言葉に、安田は表情が強張《こわば》るのを意識した。

佐島昇がこちらを見つめている。

「どうかされたんですか」

「いいえ、何でもありません。――それよりも、もう一つ、別のことをお訊《き》きしてよろしいでしょうか」

作り笑いで誤魔化して、安田は言った。

「別のこと？」

「佐島美術財団の奨学金を設けられた真意について、佐島会長のお考えをお教えいただけますか」

安田の質問に、佐島が真顔に戻り、口を開いた。

「この通り、私は事業家として、それなりに功成り名を遂げました。ところが、うちの会社をブラック企業だと後ろ指を指す連中が少なくありません。しかし、金儲《かねもう》けだけが私の生きがいではないし、サジマ屋の事業の究極の目標でもありません。この社会全体が豊かになることと、日本の文化創造に積極的に寄与すること、それこそが我が社のポリシーです。その一環として、奨学金制度を始めました。私は本気で、これからの日本を担う若い優れた研究者たちを応援したいと考えています。この活動を他人任《ひとまか》せにする気など微塵《みじん》もありません。だからこそ、最終面接に面接者の一人として参加しているんですよ」

滔々《とうとう》と自説を並べると、佐島が満足したようにソファに背を預けた。

「その申請者たちの中に、この中の人物が含まれていませんでしたか」

言いながら、安田は背広の内ポケットから、用意しておいた書面を取り出して、佐島の前のローテーブルに広げた。

そこには、ワープロの文字で五名の氏名と経歴が印字されている。

その中に《宮崎肇》の氏名と経歴が含まれているが、そのほかは架空の人間たちだ。

佐島が眉間《みけん》に険しい皺《しわ》を寄せて、書類を覗《のぞ》き込んだ。

ふいにその皺が消え、佐島が顔を上げた。

香山は相楽とともに、浅草《あさくさ》の街を歩いていた。

これから種田道久という学者と面談することになっている。

種田は、もう一人の葛城敬とともに、佐島美術財団の奨学金候補者の面接を行った審査委員であり、二人とも有名私立大学の名誉教授である。

その面接には、もう一人、奨学金事業のスポンサーであるサジマ屋の佐島昇会長も加わっていたが、そっちの聞き取りは、安田と赤城が担当することになっていた。むろん、葛城も種田も、事前に電話を入れて、アポイントメントを取ってあった。

一時間ほど前に面談した葛城敬は、成城学園《せいじょう》前の広々とした平屋に住んでいた。事前に調べたところでは、中国絵画研究の世界的権威だという。だが、学者気質《かたぎ》というやつなのだろうか、ひどく口の重い人物で、香山たちの問いに対して、さして実のある言葉を返してこなかったのである。

種田の住まいは、馬喰町《ばくろちょう》の新しい感じのマンションだった。ここの六〇一号室らしい。車の往来の喧《やかま》しい靖国《やすくに》通りから、路地を南へ入ったところにあり、事業所のビルや、飲食店の入った雑居ビルに囲まれた細長い建物だった。

日当たりの悪い玄関先に取り付けられているインターフォンの釦《ぼたん》を、相楽が押した。

《はい、どちら様でしょう》

ほどなく、スピーカーからしゃがれた声が響いた。

マイクに顔を近づけて、相楽が言った。

「千葉県警の相楽と申します。今朝、種田先生にお電話を差し上げたものです。溝田真輝子さんが申請されていた佐島美術財団の奨学金のことで、教えていただきたいことがありまして」

《ああ、今朝、電話を頂戴《ちょうだい》した警察の方ですね。ちょっとお持ちください、いま開けますから、どうぞお入りください》

声がして、ほどなく、カチという音とともに、ガラス張りのオートロックの玄関ドアが開錠した。

相楽が目顔で促したので、香山はその後からエントランスへ足を踏み入れた。

「ああ、あの人のことですか。しかし、今頃になってどうして」

自宅の八畳の日本間で、紺色の座布団に座った着物姿の種田が、首を傾げた。

座卓を挟んで、香山は相楽とともに対座している。六階にある部屋なので、南側の窓から、青空が見えている。二重サッシになっているらしく、外の雑踏や車の通行音はいっさい聞こえない。

種田は、八十くらいの痩《や》せた老人だった。事前に調べたところ、静岡県にある国立大学で長らく教鞭《きょうべん》を執った人物で、専門は仏教美術だという。鎌倉《かまくら》時代の仏像研究で名を知られているらしい。

彼の背後に、設《しつら》えられている簡易な半間の床の間に、書の掛け軸が掛けられていた。香山はその軸に目を向ける。《薫風自南来》と読めた。おそらく、どこかの僧侶《そうりょ》が揮《き》毫《ごう》した茶掛けだろう。

「先生は、お聞き及びではありませんか。六月五日の夕刻に、溝田真輝子さんが船橋市内の自宅マンションの非常階段から墜落してお亡くなりになったことを」

わずかに身を乗り出して、相楽が言った。

座卓の向かい側の種田の顔つきが変わった。そして、しばし呆然《ぼうぜん》となったものの、高齢とは思えないはっきりとした口調で言った。

「いったい、どうしてそんなことになったのですか」

「今のところ、墜落の原因は不明です。しかし、彼女が非常階段から落ちたとき、その場所にいた別の人影が目撃されています。そのほかの諸般の状況から、殺害された可能性があり、私どもはその捜査を担当しております」

「しかし、そのことと、あの方が佐島美術財団の奨学金を申請したことは、まったく関係がないのではありませんか」

「ええ、捜査本部でも、当初はそう見ていました。しかし、その墜落の一件を含めて、彼女の身にいくつかの不可解な出来事が起きていたことが判明しました。しかも、それは溝田さんが門脇修太郎画伯の未発表の作品を調査してから始まっているとも考えられます。そこで、ご面倒でしょうが、佐島美術財団の奨学金の面接を受けたときの溝田さんについて、先生からお話をお聞きしたいと思いまして」

なるほど、と種田はうなずき、しばし考え込む顔付きになった。が、やがて顔を上げると、言った。

「それで、私にどんなことをお訊きになりたいのですか」

「溝田さんのことを、どう思われましたか」

　相楽が訊いた。

「そうですね、実績はさしてないものの、研究者としての優れた資質を持っていると感じました」

「具体的には、どういう点から、そう思われたのですか」

「こちらの質問に対する受け答えが、実に的確でした。しかし、何よりも、研究の独創性という点で、ほかの申請者から頭一つ抜きん出ていた印象がありましたね」

　その言葉に、相楽が香山と顔を見合わせた。そして、すぐに続けた。

「先生、私は美術史の研究のことは何も知りませんし、奨学金の申請がどういうものかも知りませんが、面接を受けた時点で、溝田さんの研究の結果はまだ出ていなかったんじゃありませんか」

　その言葉に、種田が歯を見せた。

「もちろんですよ。しかし、奨学金を申請するためには、研究テーマはむろんのこと、その具体的な分析の方法や手順、予想される研究成果というものを、詳細に記した研究計画書を提出しなければならないんですよ」

　その言葉に、相楽が香山とまた顔を見合わせたものの、すぐに言った。

「溝田さんの分析の方法とは、いったいどんなものだったんですか。それに、予想されていた研究成果についても、教えていただけませんでしょうか。もしかすると、それが犯罪を誘発した可能性があります」

相楽の言葉に、種田はしばし黙り込んだ。そして、おもむろに口を開いた。

「研究計画書の内容は、部外秘という決まりになっています。これは個人情報というよりも、いわば研究者の著作権のような性格のものだとお考えください。従って、おいそれと口外するわけにはいきません。しかし、今回は事が事だけに、少しだけならお話しすべきでしょう。溝田さんは、研究されていた油絵作品の画面に残されていたある状況から、門脇修太郎画伯の特異な制作の様態や、その作品の極めて詳細な制作時期の特定が可能だと考えていたようでした」

「もう少しだけ、分かりやすく説明していただけませんか」

相楽が食い下がった。

香山にも、いまの説明だけでは、真輝子が何を発見したのか、まったく見当もつかない。まして、それが門脇夫妻の巻き込まれた凶悪な強盗殺人事件と、どのように繋《つな》がってくるのか、その筋道の片鱗《へんりん》すら見えてこないのだ。

腕組みをして、種田が黙り込んだものの、やがて静かにかぶりを振った。

「いまとなっては、私の口から、これ以上の具体的な説明はすべきではないでしょう。研究というものは、譬《たと》えればコロンブスの卵のようなものです。後世の人々にとって、すでに明らかにされてしまった研究成果は、書籍などで世間にいくらでも拡散していますから、いまさら驚くにはあたらないし、あたかも最初から自明の理であったもののように見えてしまいかねません。しかし、隠されたその真相に、最初に行き当たるということは、学問における僥倖《ぎょうこう》以外の何物でもありませんからね。例えば、あなた方は、《黄金比》というものをご存じですか」

「おうごんひ？」

怪訝《けげん》そうに言うと、相楽が香山に顔を向けた。

「言葉を聞いたことならありますが、恥ずかしながら私も詳しいことはよく知りません」

香山は、そう言いながら首を振る。

その様子を目にして、種田が続けた。

「長方形の縦と横の長さが、一対一・六一八という比率のことです。これは、人間が感じる最も均斉の取れた長方形の比率とされていて、古代ギリシャで発見されました。パルテノン神殿にもこの比率が認められますし、世界中の多くの造形物や芸術作品に同様の比率が見出《みいだ》されています。もちろん、後付けの無理やりの解釈である場合が少なくありませんが、芸術家の中には、意図的にこれを用いた人もおります。ともあれ、そんなふうに、いままでは誰もが知っている美の秘密ですが、この《黄金比》にも、伝承ではあるものの、古代ギリシャに発見者がいたわけですよ。溝田さんの未発表の門脇作品の研究に話を戻せば、彼女の発見したことを最初に口外していいのは、あの人だけのはずだ。それを私がここで軽々に口にすることは、学問的道義に反する行為と言わざるを得ません。

それに、研究の成果については、千葉県立近代美術館で六月十日に行われる記念講演会で、溝田さんが発表することになっていたんですから、その原稿や資料が残されているでしょう。そうした重要な個人情報でも、警察という例外的な立場なら、捜査上の必要ということで裁判所から許可を取れば、内容を細かく確認することが、いくらでもできるんじゃないですか」

相楽が、香山に顔を向けた。

彼はうなずくと、種田に向かって言った。

「先生、実はその研究のデータや資料が全く見つからないんです――」

その言葉に驚きの顔つきになった種田に、香山は言葉を続けた。

「――研究者の道義として、溝田さんの研究内容について、先生が具体的な言及を控えられたお考えは、私も十分に納得いたしました。しかし、その研究に傾注していた溝田さんが非業の死を遂げられた件を、私どもが解明しようとしているということも、是非ともご理解ください。そのうえで、こちらの質問内容に可能な範囲内で、何かヒントをいただけませんでしょうか」

「まあ、ヒントぐらいなら」

種田が、歯切れ悪くつぶやく。

「それならば、お訊《き》きします。先生は西洋美術の研究者である市村寿子教授のことをご存じですか」

「まったくの畑違いですから、個人的な面識はありません。しかし、優れた研究者であることは存じ上げていますよ」

「お亡くなりになった溝田さんは、市村教授の大学の後輩で、院生時代から研究室に出入りしていて、その授業も受けていたそうです。その溝田さんが、この三月に市村教授に対して、《ティツィアーノの技法》を教えてほしいと願ったそうです。そして、教えてもらった後、《池大雅だけじゃないってことか》という奇妙な独り言をつぶやいたんです。この二つは、もしかして、彼女の研究と関係しているのではありませんか」

種田は黙り込むと、香山をじっと見つめた。

第四章

一

　増岡が三宅とともに船橋署の前に立ったのは、午後七時過ぎだった。

　一日中歩きまわり、車で門脇夫妻の巻き込まれた強盗殺人事件の現場にも赴いて、それから電車を乗り継いで戻って来たので、嫌というほど疲れが溜《た》まっていた。

　ずっと同行していた三宅も、いつものような口数の多さが見られない。二人とも、手に大きなバッグを下げている。その中に、成田署に保管されていた《門脇修太郎夫妻強盗殺人事件》に関連した捜査資料がすべて入っていた。

　船橋署は、総武本線の東船橋駅から七百メートルほどの場所にある。五階建ての建物で、街灯の灯《とも》っている表の道路沿いに、車両を斜めに停車させるスペースが並んでおり、年金事務所と民間会社の建物に、左右を挟まれているのだ。

　二人はすぐに建物の玄関に足を踏み入れると、受け付け横のゲートを通り、デスクの間を抜けてゆく。

警察署というものは、民間の事業所などとは異なり、こんな時間帯でも、署内に大勢の人間が立ち働いている。方々で電話も鳴っているし、事故、地震、災害などの緊急情報を得るために、何台ものテレビが点《つ》けっ放しである。

刑事課の部屋に入ると、室内にいた三名の男たちが振り返った。

「おう、おまえたちか、成田署の調べはどうだった」

ほかの二人と話し込んでいた係長の米良が、口を開いた。

「残念ながら、さしたる収穫はありません――」

三宅が答えかけたとき、増岡は前に進み出て言った。

「結論を出すのは、まだ早いと思います。手続きを取って、成田署に保管されていた門脇夫妻の事件に関連した資料をすべて借りてきましたから、係長や主任にも見ていただきたいと思います。そのうえで、今晩の捜査会議に臨みます」

うむ、と米良は渋い顔つきでうなずく。

やれやれという表情で、三宅がバッグから黒い表紙が取り付けられた捜査記録を取り出して、デスクの上に積んでゆく。

増岡も自分のバッグから、関連資料を取り出し始めた。所轄の捜査員が、上司である警察署長に提出する《犯罪捜査報告書》、事件現場に関する詳細な項目を記した《検証調書》、それに鑑識課が撮影した膨大な写真類などが含まれており、それらをデスクに丁寧に並べながら口を開いた。

「ほかの人たちの調べは、どんな塩梅《あんばい》ですか」

門脇修太郎の遺体の写った写真を手にして、ひどく顔をしかめたまま米良が言った。

「立川たちの組が、大当たりを引いたぞ」

「どんな大当たりですか」

「六月五日の夕刻、マンションから十数メートルほど離れた路上に駐車していた車があったろう」

「ええ、警官から職質を掛けられそうになって、無灯火で慌てて走り去った盗難車の軽ワゴンですね」

「ああ、そいつが、現場から少し離れた公園近くのコンビニの防犯カメラに、ばっちりと映り込んでいたんだ。俺もそのコンビニまで出向いて、この目で確認したから間違いない。ナンバーも一致したし、運転していた男の顔もはっきりと確認できた。いま、鑑識にプリントさせているところだから、じきに上がってくるだろう。それから、宮崎を内偵している安田と赤城の組から、三つ、重要な連絡が入ったぞ――」

今度は瑞枝の遺体の写真に目を向けて、米良が言葉を続けた。

「――一つは、例の大学の専任講師の募集のことだが、宮崎は相当に自信があったらしく、不採用になって落胆が大きかったようだ」

「だったら、安田警部補の読みが、一つ裏付けられたということですか」

失望を気取《けど》られないように、増岡は感情を籠《こ》めずに言う。

「いいや、そんなに簡単にはいかん。宮崎が非常勤講師を務めている大学の教務課で調べたところ、四月十日に、あの男は一限目から授業を行っていた。しかも場所は、都内の大学だ」

その言葉に、増岡は三宅と目を見かわした。

すると、米良が説明を続ける。

「しかし、やつが今回の一件と積極的に関わっている可能性も浮かび上がった。六月五日の講義について、宮崎は六月三日に休講届けを出している。しかも、その前日、別の大学の非常勤を解雇されている」

「それは、どういうことですか」

増岡は言った。

「あの男は、その大学でセクハラ問題を起こしてしまったんだ」

「どんなセクハラですか」

「授業に遅れて出席した女子学生に、遅れた理由を問い質《ただ》したところ、女子学生が体調不良を口にした。そのとき、宮崎は――女はそういう言い訳ができるからいいよな

——とほかの学生たちの前で、これ見よがしに皮肉を言い放ったとのことだ」

「ひどい」

「ともかく、被害に遭ったその女子学生が大学に訴え出て、それで解雇された。もしかすると、そのことが、溝田さんに対する逆恨みの火に油を注ぐきっかけになったのかもしれん。それはともあれ、増岡、おまえの追いかけている線について、香山から気になる連絡があったぞ」

「主任から、どんな連絡があったんですか」

「相楽警部補と千葉県立近代美術館へ赴き、学芸員の早坂という人物と面談した。残念ながら、溝田さんが研究していたという門脇画伯の未発表の作品は拝めなかったそうだが、その作品の出どころについて、一つの可能性に思い当たったらしい」

増岡は、三宅の顔を見た。

三宅がふざけた顔つきを作り、大袈裟《おおげさ》に肩を竦《すく》める。

「どこから入手したんですか」

「糀谷という日本橋の画廊主から手に入れたと考えられるとのことだ」

「糀谷っていうと、確か、ずっと昔は白眉堂の社員で、門脇修太郎を担当していた人でしたよね」

「ああ、その通りだ。溝田さんが千葉県立近代美術館で門脇の未発表の作品を調査したとき、その糀谷も同席したらしい。しかも、門脇修太郎の作品は、白眉堂が一手に扱っていて、総目録のカタログ・レゾネというものがあるとのことだから、糀谷がどこからその作品を入手したのか、疑問と言わざるを得ないとのことだ。そのうえ、明智が非常階段の五階の踊り場で見たという人影については、卓抜な読みが浮かんだぞ」

「非常階段の密室の壁が破れたんですか」

「まだ推理の段階だが、種を明かせば、馬鹿みたいなものさ」

米良が、香山から電話で聞いた筋道を話してゆく。真輝子が喜びに溢《あふ》れて、非常階段の踊り場から見える夜景の写真を撮り、インスタグラムに投稿したこと。そして、六月五日の夕刻、同じような興奮状態で非常口のドアを開けたまま、踊り場の手摺《てすり》に近づいた可能性を説明した。

「なるほど、それなら犯人は彼女を突き落とした後、マンション内を通って逃走できますね。しかも、溝田さんを突き落として、すぐに逃げず、明智さんに目撃されてしまった経緯についても、筋が通りますよ」

「どういうことだ」

「たぶん、犯人は最初、非常階段を下りて逃走するつもりだったんですよ。ところが、彼女を突き落とした直後、念のためにと駐車場を見まわしたところで、明智さんに目撃されてしまったのではないでしょうか。そこで、慌てて開いていた非常口のドアからマンション内へ入ったと考えれば、いっそう筋が通ります」

そのとき、刑事課の部屋に鑑識課員が入って来た。

「係長、先ほどのデータのプリントができました」

言いながら、写真紙にプリントされたものを差し出した。

米良が受け取るその写真を目にして、増岡は息が止まる。そして、すぐさま、三宅がデスクに置いたばかりの捜査記録を手に取ると、慌てて頁を繰った。

その様子に、米良や二人の捜査員、鑑識課員、それに三宅までもが目を丸くする。

ある頁で増岡は手を止めると、添付されている顔写真を米良に差し出した。

「これを見てください」

戸惑いの表情を浮かべて、米良が覗《のぞ》き込む。途端に、その顔つきが一変した。

「これは――」

言葉を失った米良に、増岡は言った。

「門脇修太郎を担当していた糀谷康彦ですよ。当時の捜査陣が、関係者の中に含まれていた彼の顔写真も集めていて、捜査資料に添付したままだったんです。その軽ワゴン車に乗っている男は、この糀谷じゃないですか」

米良が手にした写真の男の顔と、捜査資料に添付されている糀谷の顔写真を見比べる。

二人の捜査員と三宅、それに鑑識課員が驚きの顔つきで見入っている。

門脇夫妻が殺害された当時の糀谷は、まだ若くてほっそりとしている。だが、現在はかなり太っていた。

すると、傍らに立っていた三宅が、意を決したように言った。

「係長、どうやら、増岡の筋読みが当たりのようですね」

「どういうことだ」

顔を紅潮させて、米良が言い返す。

「事件はこう読めることになります。事件当時、門脇修太郎は肺癌でした。そこで、死期が迫っていることを知った糀谷は、亡くなる前に門脇の作品を何とかして手に入れようと決心したのではないでしょうか。門脇が死ねば、制作途中の作品の一点くらい行方不明になっても、大画家の死の大騒ぎに紛れて、有耶無耶《うやむや》になると思ったんでしょう。門脇の病気のことや、死期が迫っていることは、糀谷を我が子のように可愛がっていた瑞枝が漏らした可能性もあると思います。

それはともかく、四月二十七日の晩、糀谷は門脇のアトリエに併設された納戸に侵入しようとして途中で気が変わり、母屋の裏口の錠を壊して侵入した。そのとき、物音で起きてきた瑞枝と鉢合わせになった。あるいは、門脇修太郎が先だったかもしれませんん。いずれにせよ、成り行きで二人を殺害してしまった糀谷は、物盗《ものと》りに見せかけるために、家の中を物色して現金を奪い、指紋をふき取った。しかし、本当の狙いは、制作途中の門脇修太郎の最後の作品だったんですよ。その作品については、白眉堂の社長もまだ目にしていませんから、その存在を知らないわけで、奪っても発覚しません」

「だったら、どうして、溝田さんを非常階段から突き落として殺害しなければならなかったんだ」

「それは、今度初公開される門脇修太郎の作品が、その事件の時に奪われたものであることを、溝田さんが何らかの方法で突きとめてしまったからじゃないでしょうか。溝田さんがその作品の調査に赴いたとき、糀谷も同席していたというのであれば、相手が当の強盗殺人犯だとはまったく思いもせずに、彼女がポロリとそのヒントになることを口にしてしまったのかもしれません――」

言うと、三宅が増岡に顔を向けた。

「――ちぇっ、俺の負けだよ。増岡、おまえさんはいつの間にそんなに腕を上げやがったんだよ」

そのとき警電がいきなり鳴り、五人は驚きの表情となった。

捜査員の一人が、すぐさま受話器を耳に当てた。

「はい、こちら船橋署の捜査本部です――係長ですか、いま代わります」

言うと、捜査員が受話器を米良に差し出した。

「安田警部補からです」

「分かった」

米良は受話器を受け取り、耳に当てた。

「米良だ。何か出たか――」

言ったまま、黙り込む。その目が大きく見開かれた。

「それは、本当なのか。――よし、ともかく、すぐに戻って来い」

米良が受話器を戻すと、顔を上げ、増岡たち四名を見回した。

「安田さんは、何を連絡してきたんですか」

我慢しきれなくなったように、三宅が言った。

「佐島昇会長と面談したそうだ。その結果、佐島美術財団が募集していた奨学金の応募者の中に、宮崎肇も含まれていたことが判明した。しかも、あの男は、奨学金の申請が不採用になったそうだ」

二

六月八日午前五時過ぎ、香山は覆面パトカーの後部座席で揺られていた。

隣に、相楽が乗っている。

運転しているのは三宅で、助手席には増岡が乗っていた。

後続する車は、船橋署刑事課の立川が運転しており、係長の米良と二人の県警本部の捜査員が同乗している。

彼らは、糀谷康彦の逮捕に向かっているところだった。二台の車は薄暗い国道六号線を、東へ向けて制限速度で走行していた。糀谷の自宅は、北千住《きたせんじゅ》の荒川《あらかわ》沿いのマンションにある。前後を走る車はさして多くなく、都内から千葉県方向へ走行している対向車は、ほとんどがヘッドライトを灯《とも》したトラックや巨大なトラクターばかりである。

「これで、宮崎の犯行についても、すべての裏が取れれば、今回の事件も一気に解決ですね」

ハンドルを握りながら、三宅が嬉《うれ》しそうに言った。

昨晩の四時間以上に及んだ捜査会議において、捜査本部が最終的に下した結論は、別々の動機を持った糀谷康彦と宮崎肇の行動が、巧《たく》まずして組み合わさったものが、今回の溝田真輝子殺害の真相だというものだった。

つまり、平成七年に門脇修太郎の自宅アトリエから作品を奪った糀谷は、真輝子の研究によって、それが門脇夫妻の殺された日に奪われたことを明らかにされる可能性に思い当たり、破滅の瀬戸際まで追い詰められた。

一方、真輝子と恋仲にありながら、喧嘩別《けんかわか》れした挙句に、大学の専任の座を奪われたうえ、奨学金も不採用となり、さらに、自身の起こしたセクハラ問題で非常勤の口まで失ったことから逆上した宮崎は、彼女の成功を激しく妬《ねた》み、殺意を抱くに至った。

こうして六月五日に、宮崎は真輝子の自宅へ合鍵《あいかぎ》でひそかに入り込み、オートミールの中に蕎麦粉《そばこ》を混入し、彼女の研究データと資料を盗んでマンションを去った。

同じ日の午後六時半頃、今度は糀谷が、用意していた繫《つな》ぎに着替えて、マンションの非常階段へ向かった。そして、六階で待ち伏せし、五階の踊り場へ出て来た真輝子を背後から強く押して、手摺《てすり》を越えて落下させた。その後、半開きだった鉄扉を開けて、マンション内に入り込み、一階の玄関ホールから出て車で逃げた。三月三日と四月十日に起きた真輝子の身の危険も、糀谷の犯行に違いないというのも、捜査本部の一致した結論だった。

それでも、捜査会議の間中、真輝子殺害について、安田警部補は宮崎の犯行説に固執していた。だが、三宅と増岡が成田署の捜査記録に目を通して、中島警部から聞き取りをした内容から、死期の近かった門脇の作品の中に、白眉堂の社長が把握していない制作途中の作品が存在し、それを糀谷だけが知っていたことが明らかとなったのだ。

さらに、相楽と香山が千葉県立近代美術館の早坂学芸員と面談して、美術館の作品管理体制についての詳細な報告をした後、被害者の真輝子が同館で、門脇作品の調査を行ったとき、糀谷が同席していたことを知ると、安田もさすがに反論に詰まってしまった。

そして、立川が発見した、現場マンションから少し離れたコンビニの防犯カメラのデータの中に、松戸で盗難に遭った軽ワゴン車のハンドルを握っている糀谷の映像が含まれているという事実に直面して、安田はついに自説を撤回したのである。

「でも、あの筋読みが真相だと、本当に断定していいのかしら」

助手席の増岡が言った。

「おい、おまえは、まだ例の証言に固執しているのかよ」

三宅が言った。

「だって、溝田さんの隣家の女性に、糀谷の顔写真を見せたところ、エレベータの定期点検の話に関心を示して、訊《き》いてきた人物とは違うって証言したじゃないですか」

その言葉に、香山もかすかに引っ掛かるものを感じていた。

だが、三宅がすぐに言った。

「そいつは、この事件とは何の関係もない、単なる物見高い野郎だったんだよ。しかも、あのマンションの一階にある管理人室横の掲示板には、エレベータの定期点検のスケジュールが貼り出してあったんだぜ。こっそりとマンション内に入り込めば、糀谷もそのことを知ることはできるんだ。――それよりも、主任、溝田さんは、門脇修太郎の未発表の作品からどうやって、それが強盗殺人事件の時に奪われたものだということを見抜いたんでしょうね」

香山は相楽と顔を見合わせ、おもむろに言った。

「俺が面談した種田先生は、一つだけヒントをくれた」

「ヒント？　いったい何ですか」

「池大雅だ」

「池大雅？」

「江戸時代の文人画家さ。種田先生は、その画家について、彼がどんな絵の描き方をしたのか、それを詳しく調べてみなさいとおっしゃったんだよ」

「それで、何か分かったんですか」

「いいや、たまたま自宅にあった概説書にさっそく目を通してみたんだが、さして注目すべき点は見つからなかった。池大雅というのは、江戸時代の中間点にあたる享保《きょうほう》年間生まれで、書家としてもかなり優れていたらしい。白山《はくさん》や立山《たてやま》に登り、実景をスケッチしたり、南画《なんが》や金碧《きんぺき》画、指頭《しとう》画などの多彩な手法を駆使したりして、独自の様式を作り上げたと書いてあっただけだ」

その言葉に、増岡が振り返って香山に言った。

「主任、その指頭画って、いったい何ですか」

「ああ、筆の代わりに、指先や爪、掌《てのひら》に墨を付けて、それらを紙に押し付けたり、線を引いたりして、絵を描くという特異な手法さ。池大雅はその指頭画にも優れていたと言われている。俺が知っているのは、その程度だ。ともかく、溝田さんが亡くなってしまった以上、彼女の研究の詳細を知る手立ては、やはり奪われた研究データと資料を取り戻すしかない」

「それは、宮崎が持っているはずですよね」

三宅が口を挟んだ。

「ああ、十中八、九そうだろう。だから、あの男の《行確》は重要だぞ。午後からは、三宅と増岡が担当するんだったな」

「ええ、そうです。私たちにまかしておいてください。あいつが道に唾《つば》を吐いただけで、軽犯罪で現行犯逮捕してやりますよ。その上で、うんと締め上げて、まず不法侵入について吐かせてから、自宅を家宅捜索すれば、溝田さんの研究のデータと資料が出て来て、それであいつも一巻の終わりです。殺人未遂、住居不法侵入、窃盗と三つも重なれば、相当に長いおツトメになるでしょうね」

三宅が笑ったとき、香山の目に、明るくなった空を背景にして、目指している高層マンションが見えてきた。

マンションは、十五階建ての建物だった。

すぐ目の前が、荒川の幅広い河川敷となっている。早朝にもかかわらず、土手に続く道を、ジョギングしている人々が見られる。青空を背景に、無数の鳥たちが音もなく滑空してゆく。

マンションから三十メートルほど離れた路上に、三宅が車を停めた。後続の車両も停車した。すぐに捜査員たちが路上に降り立つ。

米良の無言の指揮を受けて、人々はマンションに足を向けた。

やがて、幾何学的なタイル張りのエントランスがあり、その先にマンションのガラス張りの玄関と、その前に立っている背広姿の中年男性が見えて来た。

事前にマンションの管理会社に電話をいれて、オートロックの玄関を開錠する手筈《てはず》を調えてあった。むろん、逮捕者の氏名は、管理会社にはいっさい通告していない。万が一、粃谷の知り合いがいた場合、逃亡される恐れがあるからだ。

昨晩のうちに、刑事課長が裁判所に請求した逮捕状が、香山の内ポケットに入っている。逮捕状の請求というものは、刑事課長など警部以上の階級でなければできないのだ。

糀谷の住まいは、マンションの十階だという。小さなアパートなどの場合、逮捕の場面で、二階の窓から飛び降りて逃走をはかる容疑者も珍しくないが、今回はまずその恐れはない。

「それにしても、豪勢なマンションですね」

建物を見上げて、三宅が忌々《いまいま》しそうに言った。

「画廊というやつは、俺たちの想像以上に儲《もう》かるんだろう——」

相楽が言葉を返し、続けた。

「——だからこそ、糀谷は、死期が迫っていた門脇の絵を盗もうなんて、つい魔が差してしまったんだろう。そして、強盗殺人の現場から門脇の未発表の作品が持ち去られたことを、溝田さんが発表すれば、当然、自分が疑われると踏んだんだ。たとえ時効が完成していても、この事実が世間に喧伝《けんでん》されれば、糀谷画廊は一瞬にして潰《つぶ》れる。いや、それだけじゃなくて、このマンションでの優雅な暮らしも失ってしまう。だからこそ、彼女の命を執拗《しつよう》につけ狙わざるを得なかったのさ」

そのとき、先頭を歩いていた米良が、背広姿の男に近づき、警察手帳の身分証明書を提示して言った。

「ここの管理会社の方ですね」

「はい」

相手が緊張気味に答える。

「では、さっそくオートロックの開錠をお願いします」

「承知しました」

男がぎこちなくうなずいた。


エレベータが十階で停止し、両開きのドアが音もなく開いた。

米良と並んで、香山はマンションの外廊下を進む。

十階の高さから北側に見えている大きな建物群は、小菅《こすげ》にある東京拘置所と分かる。その先に、遥《はる》か彼方《かなた》まで足立《あだち》区の町筋が広がっていて、朝の日差しが明るく染めていく。

糀谷の自宅である一〇一二号室の前で、人々は足を止めた。

香山は腕時計を確かめる。午前六時半。

米良が彼に目を向けて、うなずく。捜査員たちが、廊下の左右に身を隠す。

香山だけが、玄関ドアの正面に立ち、インターフォンの釦《ぼたん》を押した。

しばらくして、スピーカーから声が漏れた。

《はい、どなたですか》

インターフォンに組み込まれているドア・カメラで、糀谷がドアの外の様子を確認しているのは確実だろう。

そのレンズに警察手帳の身分証明書を向けて、香山は言った。

「船橋署の者です。香山と申します。糀谷康彦さんに逮捕状が出ています。このドアをすぐに開けてください」

インターフォンが沈黙した。その状況は、室内にいる糀谷が恐慌を来《きた》していることや、彼が犯行に手を染めたということを何よりも雄弁に物語っているように思えた。

彼は、インターフォンに顔を近づけた。

「糀谷さん、下にこのマンションの管理会社の方に来ていただいています。もしも、ドアを開けないのなら、その方に来ていただき、このドアを開錠してもらうことになりますけど、それでいいですね」

そのとき、錠を外す音が響いた。


玄関の呼び鈴が鳴ったのは、午後九時を過ぎた頃だった。

男はベッドから起き出すと、足音を忍ばせて玄関へ向かった。

目を、ドアスコープに近づけて覗《のぞ》く。

ドアの外に、鍔《つば》付帽子を被《かぶ》った緑色の制服姿の若い男が立っている。

「どなたですか」

警戒しながら、声を掛ける。

「お届けものです」

声が返ってきた。

錠を開けて、ドアを開いた。

宅配便の男が、小さな段ボール箱を抱えて立っていた。

「ハンコをお願いします」

「ちょっと待ってくれ」

男は言うと、三和土《たたき》の横の下駄箱の引き戸を開けて、いつも置いてあるハンコを取り出した。そして、宅配便の男が差し出した紙片に、ハンコを捺《お》し、段ボール箱を受け取る。

「ありがとうございました」

帽子の鍔に手をやり、宅配便の男が頭を下げた。

男はドアを閉め、錠を掛けると、部屋へ戻った。

そして、机に段ボール箱を置き、パソコンを起動させる。

やがて画面が立ち上がった。

男はインターネットのメール・ブラウザーを起動させた。

そして、あるメール画面を見つめる。

そこに書かれている文章を見入る。

それから、段ボールのガムテープを剥《は》がし、中に入れられているものをじっと見た。

一通の封筒が入っていた。

封筒を手にする。

その表には、《千葉県立近代美術館・新収蔵品展》《INVITATION》と記されていた。

無言のまま、男は笑みを浮かべた。

これで、すべての厄介事から解放されるのだ――

そのためなら、少々の荒業は何ということもない――

三

「いったい、どこへ行く気なんだよ」

三宅がぼやいた。

「さあ、私にも予想が付きません」

増岡は答える。

二人とも、二十メートルほど前を歩いている人物から、一瞬たりとも目を離さない。

宮崎肇が鞄《かばん》を手にして、京葉線の千葉みなと駅の西口改札を抜けてゆく。

彼が蘇我駅から徒歩で十五分くらいの場所にある自宅を後にしたのは、午後一時半だった。ここ数日の《行確》では、大学の非常勤もシャツに薄手のセーター、下はジーンズという軽装で出掛けていたものの、今日は一変して紺のスーツ姿である。

その自宅前から、前の組と交代した三宅とともに、増岡は宮崎をずっと尾行していた。今日は非常勤の仕事がないはずなのに、どこへ行くつもりなのだろう。

そう思いながらも、京葉線の車両に乗っているときに、米良から入った連絡を、彼女は思い浮かべた。

《糀谷だが、いま相楽と香山が取り調べに当たっているものの、難航しているぞ》

《難航しているとは、具体的には、どういうことですか》

《溝田真輝子さん殺害については、頑として否定している。そのうえ、門脇修太郎の未発表作品を奪ったことについては、黙秘を貫いているんだ。やつを落とすために、再度の地取りを掛けているから、そっちから何か出るかもしれんが》

インターカムと接話マイクによるやり取りを思い出しながら、増岡は三宅とともに西口改札を抜けた。

行き交う乗降客の間から、宮崎の後ろ姿が見えている。

左手に、大手ビジネスホテル・チェーンの建物があった。

このあたりは港湾部に隣接しているために、マンションや大型商業施設、パチンコ店、それに役所などの建物を除けば、一般住宅は見当たらない。

宮崎が、大きな車道脇の歩道を足早に歩いてゆく。

増岡と三宅も、二十五メートル離れて後を追う。

《行確》とは、根気のいる役目である。容疑者が何を考えているのか、どこに行こうとしているのか、それがまったく分からない状況下で、相手に気付かれずに監視したり、尾行したりしなければならない。しかも、その一挙手一投足から、片時も目を離すことが許されないのだ。

それでいて、尾行している相手が、いつ何時《なんどき》振り返って、こちらの追跡に気が付かないとも限らない。そのため、尾行の際に目を付ける要点は、相手の頭や体ではなく、その足元とされている。足先が向いた方向を注視することで、その人物がどちらへ行くつもりなのか、その思惑を素早く読むことができる。

しかも、《行確》の際に容疑者が示したほんの些細《ささい》な動きから、重大な事実が判明することもある。実際、増岡はアパートを出てからの宮崎の動きを、要点だけだが執務手帳にメモしている。ずぼらな感じの三宅さえ、いまも煙草の袋を破った紙に、ときおり何かを書き込んでいる。

そのとき、ふいに三宅といつか交わした会話が、増岡の頭の中に甦《よみがえ》った。

《聞き込みのとき、どうしてメモ用に手帳を使わないで、煙草の袋の紙を使うんです

か》
《そんなことを聞いて、どうするんだよ》
《気になるんですよ》
「おい、宮崎が角を曲がったぞ」
言うと、三宅が走り出した。
慌てて、増岡もその後に従った。

「そんな昔のことなんて、いちいち覚えているわけがないでしょう。だいいち、私は、溝田さんを殺してなんかいません」

糀谷康彦が、憤懣《ふんまん》の籠《こも》った口調で言った。

朝一からの取り調べで、香山が最初に問いただしたのは、三月三日と四月十日のアリバイだった。

北千住のマンションの玄関先で、香山が、《逮捕状。被疑者氏名、糀谷康彦。船橋市内のマンションにおける溝田真輝子殺害の被疑事実により、被疑者を逮捕することを許可する。令和二年六月八日。千葉地方裁判所。――逮捕時間は、午前六時三十八分》と逮捕状の内容と腕時計に目を落として時刻を告げたとき、彼は真っ青になり、すぐさま《俺は誰も殺していません》と激しく抗弁したのだった。

そして、これまでの二時間に及ぶ取り調べでも、香山がその質問を口にしていないにもかかわらず、《私は、溝田さんを殺していません》と、馬鹿の一つ覚えのように繰り返していた。

香山は、その顔つきにじっと目を留める。こちらと視線を合わせないように、糀谷は目を逸《そ》らしており、しかも、その視線がひどく落ち着きなく揺れている。経験からしても、後ろ暗いものを抱えた人間の挙動と考えざるを得ない。

むろん、取り調べにおいて、容疑者が示す反応は実に様々である。黙秘を貫き、まったくの無反応で、取り調べを凌《しの》ごうとする者が珍しくない。大袈裟《おおげさ》な泣き落としで、同情を買おうとする者もいる。中には、取り乱して、辻褄《つじつま》の合わないことを並べ立ててしまい、自滅する人間もいるのだ。

そして、目の前の男のように、頑として犯行を否定し続けることで、取り調べに当たっている刑事に、これほどまでに否定するのなら、ひょっとすると本当かもしれないと思わせようとする、まったく役に立たない猿芝居を目論《もくろ》む愚かな輩《やから》も少なくない。

香山は、おもむろに口を開いた。

「ならば、六月五日の午後六時半頃は、どこにいたんだ。まさか、つい五日前のことを、忘れたとは言わせんぞ」

その言葉に、糀谷の顔が一気に紅潮した。だが、口を開きかけたものの、いきなり言葉に詰まったように黙り込んでしまった。

「どうした。潔白なら、アリバイを証言すればいい。それが裏付けられれば、ここの玄関から大手を振って出ていけるんだぞ」

デスクの上に置かれた両の拳《こぶし》を固く握り締める。途端に、糀谷が怒ったように口を開いた。

「東京で、お客さんと会っていましたよ」

「ほう、その客というのは、どこの誰かな」

「商売上の信用問題に関わりますから、たとえ警察でも、教えられませんよ」

言うと、どうだという態度で、糀谷が顔を背けた。

香山は黙り込み、しばし沈黙する。

取り調べにおいて、容疑者を落とすには、効果的な間の取り方が不可欠である。急ぎ過ぎてもいけないし、時間のかけ過ぎも、相手に気持ちを立ち直らせる余裕を与えてしまう。わざと少しだけの間を与え、防御の壁をそれなりに築かせて、これで十分に凌げると油断させることが必要なのだ。そこに隠し玉をぶつけると、効果は倍増する。真っ赤に焼けた金属に、一気に冷水を浴びせるように。

香山は、おもむろに言った。

「しかし、その話が本当だとすると、妙なことになってしまうな」

その言葉に、ちらりと糀谷が視線を向ける。そんな見え透いたカマをかけても、引っ掛からないぞという、予想通りの素振りだった。

彼は取り調べのデスクの下から、用意しておいた一枚の写真を取り出すと、糀谷の目の前に静かに置く。

「これは、事件が起きた船橋のマンションから少し離れた場所にあるコンビニの防犯カメラに映り込んでいた画像だ。プリント画面にも映り込んでいるように、カメラが映した日時は、六月五日午後六時四十五分と判明するし、この軽ワゴン車を運転している男は、糀谷、どう見てもおまえだぞ」

糀谷が驚いたように振り返ると、デスクに置かれた写真に見入った。

これ以上もなく、目が見開かれる。

はっきり分かるほど、その体が震え始めた。

追い打ちの言葉を、香山は静かに浴びせる。

「その時間帯、東京にいたはずのおまえが、どうして船橋市内の例のマンション近くを車で走行している。しかも、このナンバープレートの軽ワゴン車は、巡回中の警官によって、この少し前にも目撃されているぞ。あの日、溝田さんが墜落死したマンションから、十数メートル離れた路上に駐車していて、警官が職質を掛けるために近づいたところ、無灯火のまま急発進したそうだ」

糀谷が、喘《あえ》ぐように口呼吸している。

そして、何度も息苦しそうに、唾《つば》を飲み下す。

ときおり香山に視線を向け、すぐに怯《おび》えたように逸らす。

そのとき、香山は、ふいにかすかな違和感を覚えた。

警察の取り調べに対して、殺人犯が被害者の殺害を否定する言葉を執拗《しつよう》に繰り返すことは、少しも珍しいことではない。しかし、そうした抗弁には必ず、ほかに本当の犯人がいるはずだ、という苦し紛れの言い訳や、警察のとんでもない勘違いだ、という強烈な抗議が付き物なのだ。そして例外なく、《だったら、俺が殺したという明確な証拠を見せてみろよ》と、殺人犯は居丈高になって激昂《げっこう》する。

ところが、目の前の男は、ひたすら《私は、溝田さんを殺していない》と繰り返すだけで、何かに怯えるように身を震わせている。殺人現場近くで、盗難車を運転していたというだけの写真にもかかわらず、破れかぶれの強行突破には踏み切れないでいるのは、どうしてなのだろう。

逮捕に向かう車で増岡が口にした言葉が、耳に甦ったのはそのときだった。

《溝田さんの隣家の女性に、糀谷の顔写真を見せたところ、エレベータの定期点検の話に関心を示して、訊《き》いてきた人物とは違うって証言したじゃないですか》

つかの間、香山の耳から音が遠のく。

《駐車場から十数メートルほど離れた路上に駐車している軽ワゴン車を見かけたそうです》

《ライトを点けていなかったものの、運転席に人が乗っているのを確認したので、職質《バン》を掛けようと近づいたところ、無灯火のまま急発進して走り去ったとのことです》

一回目の捜査会議で、女性捜査員が口にしていた報告だった。

《真輝子ちゃんは寸前で気が付いて、危ういところで車をかわして事なきを得たのよ。すると、その車はまるで逃げ出すみたいに、無灯火のままスピードを上げて走り去ってしまったんですって》

増岡が報告した、市村寿子の証言も聞こえた。

無言のまま、恐慌を来している糀谷に、香山はゆっくりと目を向ける。

軽ワゴン車に乗っていたこいつの目的は――

ふいに、これまでとまったく別の解釈が浮かんだ。

マンションの玄関から出てきた真輝子が、脇の道を通って駐車場へ来るところを狙って、轢《ひ》き殺すことだったのではないか。

つまり、彼女が非常階段を使うことは知らなかった。

こちらの追及に、これほどまでに度を失っているのは、二度も真輝子を殺害しようとしたからなのだ。

しかし、それはあくまで未遂だった。

だから、《私は、溝田さんを殺してなんかいません》とひたすら繰り返す。

それなら、彼女を突き落として死に至らしめた人間は、別にいるのだ。

しかも、そいつは、真輝子が駐車場に行こうとするとき、非常階段を使うことを知っていた。

だが、どうやって知ったのだろう——

答えを求めて、香山は周囲を落ち着きなく見回した。

途端に、一つの回答が浮かぶ。

インスタグラムだ——

六月三日に、非常階段の五階の踊り場から撮影した写真が、アップされていた。

あの写真と、その日からエレベータの点検が始まったことを結び付ければ、彼女が金曜日に駐車場へ行こうとするとき、非常階段を利用すると予想できる。

その連想に引きずられるように、もう一つの筋道が浮かぶ。

隣家の女性がゴミ出しのときに、別の住人との立ち話で、エレベータの点検の話をしていると、その話に関心を示したという人物がいたのだ。

その男が、真の犯人だ。

しかし、動機は何だろう。

宮崎は、嫉妬《しっと》と怒りから、真輝子を亡き者にしようとした。

糀谷は、門脇修太郎の絵を盗んだことを指摘されることを怖れて、犯行を決意した。

そこまで考えたとき、思ってもみなかった一つの可能性に、香山は思い当たり、愕《がく》然《ぜん》となった。真輝子が殺害された事件は、複数の人間たちの邪《よこしま》な思惑が絡み合って起きたにもかかわらず、当初、表面的には、一人の人間の犯行と見做《みな》された。

もしも、門脇夫妻が殺害されて、絵が盗まれた事件までもが、同じように複数の人間の行為の結果だとしたら、どうだろう。

人里離れた田舎の一軒家で、夫婦二人だけで暮らしていた門脇修太郎と瑞枝が殺害されてしまえば、その後、絵を盗むことなど造作もない。

しかも、奥寺の女房は、四月二十九日の夕暮れ時、門脇家の近くで、ライトも灯《とも》さずに猛スピードで走るワゴン車を見かけたと証言したのだ。

香山は糀谷を見据えて、口を開いた。

「六月五日の夕刻、おまえが船橋市内のあのマンションの近くで軽ワゴン車を停めていたのは、マンションから出てくる溝田さんを、轢き殺すためだったんだな」

糀谷が、ギョッとしたように目を見開いた。

香山は続けた。

「その動機は、おまえが門脇修太郎の絵を盗んだことが露見することを恐れたからだ。

そして、おまえが絵を盗んだのは、平成七年四月二十九日だった。そのとき成田市郊外のアトリエで、門脇夫妻はすでに亡くなっていた。それで間違いないな」

糀谷の口が、戦慄《わなな》くように震えた。

四

「何だ、あいつもここのレセプションに来たのか」

三宅が、千葉県立近代美術館の建物を見上げて、拍子抜けしたという感じでつぶやいた。

千葉県立近代美術館は、千葉みなと駅から徒歩で二十分ほどの位置にある。

「考えてみれば、当然ですよね——」

増岡は言い、続けた。

「——宮崎も門脇修太郎の研究者なんだから、招待されても不思議はありません」

「それでも、目を離すわけにはいかんぞ。あいつには殺人未遂、住居不法侵入、それに窃盗の容疑が掛かっているんだからな」

「ええ、私たちも入りましょう」

「当然だ」

宮崎が、美術館の外周の敷地に足を踏み入れた。美術館の建物の周囲は広々として、焦げ茶色の煉瓦《れんが》が敷かれていた。その所々に、ブロンズ製の大きな彫刻類が設置されている。具象的な人物像や様々な動物などを象《かたど》ったものも見られるものの、何を表しているのかまったく見当もつかない奇抜な形状のオブジェも少なくない。

千葉県立近代美術館の建物の手前に、巨大な掲示用の壁が設《しつら》えられており、そこに学校の黒板二枚ほどの大きさのパネルが取り付けられていた。そのパネルには、《新収蔵品展・世界の巨匠・門脇修太郎の新出作品初公開》という文字が、虹《にじ》を連想させる七色でカラー印刷されている。その活字の下に、《S.Kadowaki》と右上がりの流れるような筆記体のサインも拡大して印刷されていた。

ほかの人々とともに、宮崎が建物の玄関を入るのを見届けて、三宅がそこへ足を向けた。

増岡も、その後に従う。

ガラス張りの玄関内に足を踏み入れると、受け付けカウンターに長蛇の列ができており、その中に、封筒を手にした宮崎の姿があった。

受け付けカウンターで人々は同じような封筒を、正装した職員に差し出したり、芳名帳に名前を書いたりしている。

「あの封筒は、たぶんインビテーション・カードだな」

三宅が囁《ささや》いた。

「私たちは、警察手帳で入れますよ」

増岡は言い返す。

「当たり前だ」

一般の受け付けカウンターの隣にも、何人かの列ができていた。彼らは名刺を差し出しており、引き換えに白いビニール製の洒落《しやれ》た手提げ袋を受け取っている。カメラを首にぶら下げている者も少なくない。

「あっちは、プレスプレビューに駆け付けて来たマスコミ連中だぞ。受け取っているのは、図録やチラシ、それに目玉作品の写真などの《宣材》だな」

そのとき、増岡は列に並んでいる女性に目を留めた。黄色いドレス姿で、一目で有名な中年の女優だと分かった。テレビで見るよりも、はるかに太っている。美術好きで知られている人物である。

白い髭《ひげ》を生やした学者然とした人物もいる。夫婦連れも少なくない。若い芸術家風の男性と談笑している背広姿の中年男性は、美術商かもしれない。外国人の姿もやたらと目についた。学生風の若い男性や女性もいる。美術系の大学生か、あるいは美術史学科の大学院生かもしれない。

列に並んでいた増岡と三宅の順番が回って来た。二人は、受け付けカウンターでほかの人間に見つからぬように警察の身分証を示して、エントランス・ホールへ入った。

広々としたエントランス・ホールは高い吹き抜けになっており、天井から金属の棒を複雑に組み合わせた前衛的な照明が無数に垂れ下がっている。

ホール正面は、幅の広い湾曲した階段になっていて、二階の展示室へ続いていた。三宅と増岡は、部屋の隅にたたずむ。そこから、人々の中に立ち交じっている宮崎が見えている。

広々とした展示室の入口付近に、二本のマイクスタンドが立てられており、二本の金色のポール・パーティションの間に、金色のリボンが張り渡されていた。テープカットのセレモニーのためだろう。

増岡は、人々の中に、テレビで見たことのある佐島昇の姿があるのを見つけた。彼は濃紺のダブルの背広姿で、一風変わった襟の立った白いジャケット姿の初老の男性と立ち話をしている。二人の胸元に、大きな赤い薔薇《ばら》章が付けられていた。ジャケット姿の男性が、たぶんここの館長で、佐島は共催者の代表という立場なのだろう。

やがて、美術館の学芸部長らしき男が、マイクスタンドの前に立った。

「皆様、お時間が参りましたので、新収蔵品展のレセプションを始めさせていただきたいと思います。——本日は、ご多忙の中、私どもの内覧会にご来臨を賜りまして、誠にありがとうございます。それでは、最初に、本展覧会開催に当たり、私どもの館長より、一言ご挨拶《あいさつ》させていただきます」

言うと、傍らに控えていた先ほどの白いジャケット姿の男性が、もう一つのマイクスタンドの前に進み出た。

「千葉県立近代美術館の館長の橘《たちばな》でございます――」

落ち着き払った声で、挨拶が始まった。

そのとき、増岡の耳に嵌《は》めたインターカムから声が響いた。

《香山だ、そっちの方はどうなっている》

「宮崎の野郎は、県立近代美術館に入ったところです。あいつも、今日のレセプションに招待されていたようです」

三宅が、すかさずインターカムの接話マイクに囁くように答えた。彼もインターカムを耳に嵌めている。

《増岡は、聞いているか》

「はい、聞いています」

《門脇修太郎の未発表の作品を見たとき、溝田真輝子さんが何かに気が付いたはずだと言っていたな》

「ええ、言いました。それを知った人物が追い詰められた気持ちになって、彼女を突き落としたんです、絶対に」

《だとしたら、容疑者について、一から考え直さなければならないぞ。宮崎の動きの動機は、彼女の成功に対する強烈な嫉妬《しっと》だ。一方、糀谷の方の動機は、門脇作品を奪ったことを世間に知られることを怖れたからと考えられる。しかし、マンションの非常階段の踊り場で目撃された人影は、糀谷ではあり得ない――》

そう言って、香山が自分の読み取った筋道と、いまさっき糀谷がついに自供に転じたことを説明すると、さらに続けた。

《つまり、第三の人物が、この二つとは別の動機から、溝田さんを突き落としたとしか考えられない。そんな人物が、この事件の関係者の中にいないか――私と相楽さんは、いまそっちに向かっているところだ》

香山の言葉に、増岡は考えを巡らせた。

だめだ、何も浮かばない。

苦し紛れに、周囲を忙《せわ》しなく見回す。

マスコミ関係者なのか、スーツ姿の男が、美術館の学芸員らしき男性から話を聞きながら、手帳に何か書き込んでいる。

その手帳が目に留まったとき、増岡は、三宅が以前口にした言葉が甦《よみがえ》った。

《いつもの癖で、ページの最初の欄に、月曜の記録のつもりで、事件の重要事項を書き込んだ。ところが、後で気が付いたら、それは日曜日の欄だったのさ。そのおかげ

で、事件経過をすっかり勘違いしてしまったというわけさ》
何かが増岡の頭の片隅を過《よぎ》ったのは、そのときだった。
だが、自分が何を気にしたのか、はっきりとした姿が少しも見えてこない。
そこに、相楽が種田道久から聞いたという言葉が重なった。
《溝田さんは、……作品の画面に残されていたある状況から、門脇修太郎画伯の特異な制作の様態や……制作時期の特定が可能だと考えていたようでした》
その言葉に引きずられるようにして、別の記憶までが甦る。
《犯人は軍手をむしり取られた素手で、油絵具に触れたってことでしょう》
《だったら、その剝《む》き出しの油絵具というのは、……いったいどこにあったんですか》
《もう一つ、油絵具が剝き出しになった場所があるじゃないですか》
《イーゼルに立てかけられている制作中の油絵ですよ》
今度は、成田署での中島警部の言葉が耳に甦った。
《二十七日の昼間、門脇が白眉堂の糀谷と電話で話したことが記されていた。そして、その晩、油絵制作を終えて、彼はいつものようにバーボンの水割りと、クルミの実を口にしたという。それが……日課だったようだ》
《日記には、酒を吞《の》んでいた門脇が、クルミを割ろうとして、右手の親指に傷を負ったことまで記されていた。そこで、瑞枝が翌日の制作を止めようとしたものの、酔っ

た彼は頑として言うことを聞かなかったと書かれていたし、その親指の傷までが、詳細にスケッチされていた》

増岡の頭の中に、時系列の記憶が甦る。

成田市郊外のアトリエ横の納戸の外に、速乾コンクリートが敷かれたのは、平成七年四月二十七日で、そこに侵入者の足跡が残されていた。

この事実のせいで、強盗殺人が発生したのは、四月二十七日と断定された。でも、奥寺康雄の妻は、四月二十九日にライトも灯《とも》さずに走り去る不審な車を目撃している。

そこへ、香山が口にした言葉が重なった。

《種田先生は、その画家について、彼がどんな絵の描き方をしたのか、それを詳しく調べてみなさいとおっしゃったんだよ》

《筆の代わりに、指先や爪、掌《てのひら》に墨を付けて、それらを紙に押し付けたり、線を引いたりして、絵を描くという特異な手法さ。池大雅はその指頭画にも優れていたと言われている》

市村寿子の言葉が耳に甦ったのは、その瞬間だった。

《あの子が妙なことを質問して来たことがあったのよ。ティツィアーノの技法を、ちゃんと教えて欲しいって》

《『池大雅だけじゃないってことか』と、そう言ったのよ》

会場から湧き起こった拍手で、増岡は我に返った。

「では、次に御来賓の方よりご挨拶を頂戴《ちょうだい》したいと思います。最初に、佐島美術財団会長の佐島昇様、よろしくお願い申し上げます」

司会の言葉で、佐島昇が悠然と登壇し、マイクの前に立った。

「ただいまご紹介いただきました、佐島美術財団会長の佐島でございます――」

増岡は、その顔を見つめる。

ふいに全身から、汗が一気に蒸発するような気がした。

それまでバラバラだったピースが、瞬時に一つに結びつくのを感じたのである。

「主任、私たちは大きな勘違いをしていたのかもしれません」

増岡は、接話マイクに向かって囁《ささや》いた。

《どういうことだ》

「宮崎と糀谷の動機以外に、溝田さんを殺害する動機があるとすれば――」

増岡はあることを告げ、さらに続けた。

「主任、すぐに市村寿子教授に連絡して、ティツィアーノの技法がどんなものだったのか、具体的に訊《き》いてください――」

「今回の新収蔵品展の目玉作品は、何といっても、初公開される門脇修太郎画伯の未発表作品でありまして――」

佐島のスピーチの言葉に、増岡は息を呑んだ。

「主任、それからもう一つ、大事な報告があります」

《何だ》

インターカムに、香山の声が響いた。

五

会場が、盛大な拍手で包まれた。

テープカットが終了したのだ。

黄金の鋏《はさみ》を手にしたままの白いジャケット姿の館長が、すぐ隣の佐島と、その横にいる文化庁長官と顔を見合わせて、うなずき合っている。

「それでは、これより内覧会を始めたいと思います。御来賓の皆様、どうぞご自由に展覧会をお楽しみください」

司会進行役の男性の声が終わると、人々がエントランス・ホールの奥にゆっくりと入ってゆく。

その先頭部に、白いジャケットの館長と佐島、そして文化庁長官の姿がある。

増岡は三宅とともに、宮崎肇から十メートルほど離れた位置を確保していた。人々が、エントランス・ホールの奥にある湾曲した階段の方へ移動してゆく。二階の展示室に向かっているのだろう。

来館者たちは受け付けでインビテーション・カードを提出したとき、今回の展示の図録とともに、展示会場の案内と出品目録を手渡されているのだ。人々が、最大のお目当てである、門脇修太郎の新出作品を真っ先に見たがっていることは、明らかだった。

増岡は三宅とともに、周囲の大勢の来館者たちに合わせて、その大階段を上ってゆく。

やがて、二階の第一展示室の入口が見えて来た。

入口の脇に小さなカウンターがあり、奥に制服姿の女性が立っていた。

通常は、ここで入場券の半券を切られて、展示室に足を踏み入れるのだろうが、内覧会なので、彼女は入室する人々に丁寧に頭を下げている。

第一展示室に入ると、そこは天井の高い巨大な部屋だった。

奥に続く直方体の空間となっており、ゆったりとしたその空間が、たちまち来館者たちで埋まってゆき、展示室内に人々のざわめきが谺《こだま》する。

両側の壁面には、巨大な油絵が点々と掛けられていた。

だが、人々は、それらの絵にほとんど目を向けることなく、展示室の最奥の壁面に向かってゆく。

やがて、人々の先頭にいた佐島昇が、一枚の絵の前で立ち止まった。

初公開された門脇修太郎の作品だった。

彼の周囲に、続々と大勢の来賓たちが集まる。

その中に、宮崎も含まれていた。

増岡の目にも、人々の間から門脇の新出作品がわずかに見えている。

さして大きな作品ではない。縦百センチ、横百五十センチほどで、さながら日没前の大空を思わせる艶《つや》やかで鮮やかな朱色が画面全体で輝いている。そこに、人の姿をした影のようなものが、無数に浮遊しているのだ。出品目録に載っているタイトルは、《Abstraction 1995》となっていた。

その作品の横には、警察官に似た帽子を被《かぶ》った青い制服のガードマンが、胸を張って立っている。

いきなり横手で女性の悲鳴が上がったのは、そのときだった。

驚いて、増岡が目を向ける。見る人のいない油絵の掛かった左手の壁際の床で、炎が燃え上がっていた。ペットボトルのようなものを投げ出して、脱兎《だっと》のごとく出口へ駆けてゆく男の後ろ姿も目に留まった。

途端に、門脇作品の前に密集していた数えきれない群衆がパニックに陥り、出口の方へ走り出した。展示室内に悲鳴が谺し、人々が押し合い、縺《もつ》れ合う。顔つきを一変させて、逃げ出そうとした宮崎が、黄色いドレスの女優とともに床に転がり、そこにほかの人々が将棋倒しに覆い被さってゆく。絶叫が、いくつも上がった。

増岡は、反射的に人々を掻《か》き分けて前に出た。男の後を追いかけたのはそのときだった。油絵から離れたガードマンが駆け出して、男の後を追いかけたのはそのときだった。何が起きたのかわからないものの、突発事態が起きようとしている。

ふいに気になり、展示室の最奥の壁に目を向けた。壁を焦がす巨大な炎が、門脇作品に及ぼうとしていた。その前で、佐島が呆然《ぼうぜん》としたように立ち尽くしている。

「まずいぞ」

三宅が叫ぶと、無数の人々の流れを押しのけるように逆行して、その油絵の方へ近づこうとした。増岡もその後を追う。そのとき、館内にサイレンの大音響が響き渡り、館内放送がそこに重なった。

《消火のために、展示室内に窒素ガスを噴出します。大変に危険ですので、館内にいる人は、ただちに館の外に避難してください》

濛々《もうもう》と黒い煙を巻き上げて、壁伝いに燃え上がった炎が油絵に迫る。

佐島がいきなり踵《きびす》を返して、壁から離れた。

このままでは、絵が燃えてしまう。増岡は壁に駆け寄ると、油絵に手を掛けて引きはがそうとした。

だが、油絵はびくともしない。

「増岡、早く逃げろ」と叫ぶと、三宅が手首を握り、彼女を無理やり後方へ引き離して、さらに怒鳴った。「おまえは、あいつを――」

言われて、増岡は刹那《せつな》に意を決し、佐島の後を追った。

そして、展示室の出口で、佐島の二の腕を摑《つか》むと、そのまま床にもつれ込むように転がった。

次の瞬間、三宅が煙と炎に囲まれたまま、最奥の壁から門脇の油絵を引きはがすのが目に映った。

そのとき、香山と相楽たちが会場に駆け込んできた。

一瞬、増岡と目を見交わしたが、香山は無言のまま、倒れ込んでいた佐島の傍らに歩み寄り、言った。

「佐島昇、おまえを緊急逮捕する。平成七年四月二十八日に発生した門脇修太郎並びに瑞枝に対する殺人と強盗の容疑だ。そして、令和二年六月五日に溝田真輝子さんを、マンションの非常階段の踊り場から突き落として死亡させた容疑もあるぞ」

一瞬にして、佐島の顔が青ざめた。

エピローグ

「三宅さん、本当に大丈夫ですか」

増岡は言った。

「ああ、肩を火傷《やけど》した程度だから、そんなに心配するな」

ベッドに横になっている三宅が、無精髯《ひげ》の伸びた熊顔に笑みを浮かべ、続けた。

「それより、事件の方はどうなったんだよ」

「宮崎肇は、溝田さん宅への侵入と、オートミールへの蕎麦粉《そばこ》の混入、それに研究関連の資料やデータを盗んだことをあっさり自供しました。それに、糀谷も全面自供に転じましたよ」

「あのガソリン入りのペットボトルを投げつけて、火を放った野郎は、どうなった」

「ああ、吉田和也《よしだかずや》ですか。ガードマンに取り押さえられたあの男も、一切を白状しました。ネットの闇サイトで、六月十日午後二時半に、千葉県立近代美術館の第一展示室に放火するという仕事を、五百万円の報酬で請け負ったんだそうです」

「しかし、衆人環視の中で、そんな無茶なことをすれば、当然、その場で取り押さえられて、即刻逮捕され、刑務所送りになることは目に見えている。どうして、そんな馬鹿なことを仕出かしたんだよ」

「オープニングセレモニーの満員の展示室で、いきなり火災が発生すれば、当然、大変なパニック状態に陥り、その混乱に紛れて逃走できるだろうという安易な目算だったようです。それに、吉田は闇金に五百万ほどの借金をしていて、かなり追い詰められていたんですよ。単なるサラ金なら、現行の法律の縛りで、取り立てはかつてほど厳しいものではありませんけど、相手が闇金となれば、話はまったく別でしょう。下手をすれば、臓器を売らされたり、殺されたりしかねません。その取り立てから解放されるのなら、万が一、臭い飯を食うことになっても構わない、というやけっぱちな気持ちだったみたいですね。五十万円は前金で、成功したら、残りの四百五十万が銀行の指定口座に振り込まれるという契約で、依頼主はむろん匿名だったとのことです。しかし、その依頼主が佐島昇ということは、まず間違いないでしょう」

「それで、本命の佐島はどうなった」

「主任の取り調べには、とうとう完黙を貫きました。どこまでもしたたかな男ですよ。しかし、平成七年の門脇夫妻の強盗殺人事件については動かぬ証拠が存在しましたし、六月五日の溝田さんの殺害についても、状況証拠がありましたから、四十八時間後に千葉地方検察庁に送検されました。じきに裁判が始まります。有罪は確実でしょうし、最も重い判決となるでしょうね」

　言いながら、増岡は、佐島が逮捕されたときのことを思い返していた。

　刑事訴訟法第二百十条において、死刑または無期もしくは三年以上の懲役に当たる罪を犯したと疑うに足る十分な理由がある場合で急速を要し、裁判官の逮捕状を求めることができないときは、その理由を告げて、被疑者を逮捕できるのだ。

　ともあれ、日本を代表する新興企業の事実上のトップが、強盗殺人と殺人の容疑で逮捕されたことで、連日の新聞やテレビの報道は、これ以上もなく過熱している。サジマ屋の屋台骨も揺らぐ可能性すら囁《ささや》かれていた。

「そうか。――しかし、おまえも、あいつの仕業だということを、本当によく見抜いたもんだな」

　珍しく、三宅が誉め言葉を口にした。

　嬉《うれ》しくなって、増岡は顔を上気させる。そして、胸の裡《うち》で、事件の真相に辿《たど》り着いた筋道を改めて思い返した。

　平成七年四月二十八日、ホームレスにまで落ちぶれた佐島が、かつて養育してくれた母方の伯父《おじ》、奥寺康雄の家を頼ろうとしたことが発端だった。ところが、佐島は途中で考えを変えた。近隣に住む門脇修太郎という画家夫婦が、始終外国旅行に出かけており、留守がちだということを思い出したのである。高名な画家で、豊かな暮らしぶりであることも、養父母から耳にしていた。留守宅に入り込んで、金目のものを奪えば、当座の暮らしに困らないだろう。様々な仕事に就いたものの、どれ一つとしてうまくゆかず、金も住むところもなく、贅沢《ぜいたく》な生活を送っている他人に対する逆恨みも募っていた。

ところが、佐島が裏口の錠を壊して侵入したところで、物音を聞きつけて起きて来た瑞枝と鉢合わせとなり、咄嗟《とっさ》に、彼女を撲殺してしまったのである。そのうえ、騒ぎを聞きつけて起きてきた門脇修太郎までが、妻の遺体と佐島の顔を目にして逃げ出したのだった。妻同士が知り合いであることから、奥寺家でかつて養育されていた佐島を、門脇も知っていた。警察に通報されることを怖れた彼は、アトリエまで追いかけると、門脇と揉《も》み合いになり、手にしたペインティング・ナイフで老画家を刺殺してしまった。

その後、佐島は家じゅうの電灯を灯《とも》して、家捜しして現金を奪うと、家から逃げ出したのである。途中の雑木林の中で、片方の手の軍手がなくなり指に油絵具が付いていることに気が付き、もう一方の手に嵌《は》めていた軍手を脱いで、油絵具をふき取り、その軍手を遺棄した。

このような事件の構図に、増岡がレセプション会場で突然気が付いたのは、佐島の経歴がその発端に他ならなかった。

――小学六年生の夏、館山自動車道における交通事故で両親を失い、近隣で農業を営む母方の伯父《おじ》に養育される。

人生の前半はホームレスまで経験するほどの辛酸を舐《な》める。軽犯罪で二度逮捕されたこともあり、この事実を、佐島昇は《若気の至り》と自伝において潔く認めている。

四十二歳のときに、倒産寸前だった富里市内の衣料品店を買い取り、社名をサジマ屋と改めて、ファストファッション事業を開始――

成田市と富里市は、隣接する位置関係である。

軽犯罪で二度も逮捕されれば、例外なく両手の十指指紋、掌紋、それに側紋を採取されるのだ。

そして、昭和二十九年生まれの佐島昇が四十二歳のときは、平成八年に当たる。

つまり、門脇夫婦が強盗殺人の被害に遭った翌年だ。

そこに、中島警部の読みが重なったのだった。

《俺は思い切って、刑事課長に進言してみた。網を掛けるべき対象者は土地勘のある人間で、あの辺りに住んだことのある人物じゃないかって》

一方、糀谷康彦は、門脇修太郎の死期が近いことを知り、最初は金や貴金属を盗むことを計画したと自供したのだった。いずれ、自分で画廊を経営するための準備資金にするつもりだったという。四月二十七日の晩、彼は離れの納戸の窓ガラスをハンカチでくるんだスパナで割って、クレセント錠を外して、中へ侵入した。

ところが、納戸からアトリエに足を踏み入れたとき、壁際に置かれていたサイドボードの上の置時計を床に落として、慌てた弾みで、それを蹴飛《けと》ばしてしまった。その物音に気が付いた瑞枝が家の方の電灯を点《つ》けたため、彼は慌てて逃げだし、結果的に未遂に終わった。だが、逃走の途中で、現場近くに証拠となり得るイニシャル入りのハンカチを落としてしまったのだった。

そこで、糀谷は二日後の二十九日に、車を運転して現場近くへ戻り、ハンカチを回収した。そのとき、念のためと思って門脇邸に近づき、中の様子を窺《うかが》ったのである。そして、惨殺されている夫婦を発見した。

ところが、糀谷は警察に通報することなく、倒れたイーゼルの横に投げ出されていた制作途中の油絵を奪って逃走した。納戸に仕舞われていたほかの作品に手を付けなかったのは、それらがすべて白眉堂に把握されていて、売り物にならないからだった。そのときの車を、奥寺家の主婦が目撃したのである。つまり、糀谷と佐島の二人の犯行が、一人の強盗殺人犯の仕業と勘違いされたことが、この事件を複雑にしたのだ。

ともあれ、事件の後、報道される門脇夫婦の強盗殺人の内容に目を光らせていた佐島は、捜査本部が事件の発生を四月二十七日と断定したことを知った。そして、サジマ屋が予想以上に発展してゆく中で、罪の露見に絶えず怯《おび》えていた彼は、平成二十二年四月二十七日に公布施行された改正刑事訴訟法を知り、ようやく胸を撫《な》で下ろした。平成七年四月二十七日に発生したことになっている自分の犯した強盗殺人は、この法律の時効廃止の対象にはあたらず、平成二十二年四月二十六日で時効が完成したことになるからだ。

事業の大成功を収めた佐島は、七年前に文化財団の活動を始めた。その意識には、自ら手を下した門脇とその妻に対する一種の贖罪《しょくざい》の思いがあったのかもしれない。

ところが、今年の三月になって、財団に奨学金を申請してきた溝田真輝子との最終面接に際して、彼女の研究計画書の内容を目にしたとき、佐島は血の気が引く思いを覚えた。

彼女の研究対象である未発表の門脇作品とは、彼が門脇と揉み合ったときに、思わず素手の指で触れてしまった制作途中の油絵にほかならなかったからだ。ほんの一瞬目にしただけの作品だったが、どうして忘れられるだろうか。しかも、その油絵に残っている指紋と、警察のデータ・ベースに登録された指紋を照合すれば、難なく一致して、彼が事件現場にいたことが証明されてしまう。

さらに、真輝子の分析方法は、門脇修太郎の絵の画面に残された指紋を分析するというものだったのである。そのために、彼女は他の門脇作品や、パレット、そして、瑞枝のパレットまで調査した。その結果、その未発表の作品に、門脇が四月二十八日以降に手を入れたことを示す、決定的な指紋を見出したのである。

それは親指の腹に、横に傷の付いた指紋だった。傷が出来たのは、四月二十七日の制作を終えた晩なのだから、傷のある指紋が着くのは、翌日の二十八日以降でなければならない。これが証明されれば、あの強盗殺人事件が起きたのは四月二十八日以降となり、時効廃止の対象事件となってしまう。

ちなみに、真輝子がティツィアーノの技法に興味を抱いたのは、このイタリア人画家独特の描法からヒントを得たからだった。市村寿子は、香山からの問い合わせに対して、こう説明したという。

《画家にして、すぐれた研究者でもあったグザヴィエ・ド・ラングレが言うように、ティツィアーノの時代には、まだペインティング・ナイフが使われていなかったんですよ。そのため、彼はいつも親指をつかって、素早く絵具を混ぜ合わせるとともに、指も使って筆のみでは表し得ない絵具の混融を駆使して、絵を描いたんです。このことは、ティツィアーノの弟子であったジャコモ・ハルマも、はっきりと証言していますよ。――仕上げ前には、彼はしばしば筆と同様、指でも描いた。彼にとって最終の加筆の風味とは、ときおり明るい色の端のところを指でもって軽くこすって中間の調子に近づけ、他の色と混ぜたりして、筆あとを融かし込むことであった――というようにね》

そして、門脇作品からは、彼自身の指紋以外に、二人の人間の指紋が発見されたと真輝子は結論付けていた。一人は、たった一つの指紋を残すのみで、その時点では誰のものかは特定不能だったが、当然、それこそが佐島の指紋だったことは、後日の指紋の照合で、完璧《かんぺき》に証明されたのである。そして、もう一つは、瑞枝の多数の指紋だった。

そこから、画家として世界的な名声をほしいままにした門脇作品が、その土台を、実は瑞枝が描いて、それを門脇が指先で整えることによって完成させるという極めて特異な制作様態であったことを明らかにしたのである。二人の大学名誉教授が高く評価した真輝子の分析とは、このようなものであった。

こうして危機感を募らせた佐島は、宮崎や糀谷の思惑とはまったく別に、彼女の口を永遠に塞《ふさ》ぐことを決意した。そこで、彼女の日常の行動を周到に調べ尽くして、金曜日の夕刻に母親を見舞うために車を使うことと、エレベータの定期点検の事実も知り、彼女が駐車場に行くために非常階段を利用する可能性に思い至った。そこで、彼は五階の踊り場から突き落とすことを計画した。

エレベータの定期点検に関心を示した人物とは、佐島にほかならず、隣家の女性は、佐島の顔写真を見せられて、エレベータの定期点検のことを訊《き》いてきた人物に間違いないと証言したのである。

佐島にとって残る懸念は、彼の指紋が残された門脇の作品だけだった。むろん、真輝子の研究論文や資料が紛失したことまでは、彼も知らなかったが、門脇の作品そのものが失われれば、もはや自分の身に司直の手が及ぶことはないと考えたのである。そこで、インターネットの闇サイトを利用して、喉《のど》から手が出るほど金を欲しがっている無関係の男に、展示室に放火させて、絵に残された指紋を消そうと考えたのである。

千葉県立近代美術館の展示室で火災が発生したとき、パニックに陥った人々が我先に逃げ出そうとしたのに、佐島が最後まで門脇作品の前に踏みとどまっていたのは、窒素ガスの噴出をなるべく遅らせることで、確実に門脇作品を焼失させるための時間稼ぎだったと考えられた。

一方、宮崎が奪った真輝子の研究データと資料は、彼の手によってすでにすべて焼却されていた。しかし、彼の自宅に対する家宅捜索によって、彼女のマンションの合《あい》鍵《かぎ》が発見され、蕎麦粉《そばこ》も発見されたことから、彼は自供に転じ、犯行の経緯を白状するとともに、記憶していた真輝子の研究の要点について渋々と説明したのだった。ちなみに、宮崎が彼女と喧嘩《けんか》別《わか》れした原因は、彼が留守の間に、その研究の内容のデータをパソコン上で盗み見たことに、彼女が気付いたからだったという。

現在のパソコンには、《タスクビュー》という機能が備わっている。そのため、

《Word》の文章を開くと、《タスクビュー》の当日の欄に、その事実が自動的に記録されてしまうのだ。前日、論文を推敲《すいこう》しただけで、当日、彼女がまだ一度も開いていないはずの論文が、当日欄に載っていることに真輝子が気が付いたのだった。つまり、別の誰かが開いたことにほかならない。

ともあれ、その研究内容から、糀谷が門脇の絵を奪った時期が、四月二十八日以降と特定され、糀谷もまた自身の犯行の自供に転じて、真輝子を轢《ひ》き殺そうとしたことも認めたのである。

「でも、三宅さんの咄嗟《とっさ》の機転であの油絵は無事でした。それに、私もです――」

増岡は、思わず声を詰まらせた。

「何だよ、メソメソして、おまえらしくないぞ」

三宅が、顔を赤らめて言った。

その後しばらく話した後、増岡は言った。

「またお見舞いに来ます」

「おう。だったら、今度はセブンスターを買って来てくれよ」

「ええ、必ず」

言うと、増岡は病室から出た。

すると、廊下を三宅の老母が近づいてくるのが目に留まった。さっきお見舞いに訪れたとき、病室で顔を合わせ、すでに挨拶《あいさつ》している。

「お帰りですか」

母親が声を掛けてきた。息子とは違い、小柄な女性だ。熊顔の三宅に対して、薄い顔だちで、化粧っけがなく、髪が白い。生成りのシャツに、黄土色のカーディガン、下は太めの紺色のズボンというなりだ。

増岡はもう一度頭を下げた。

「ええ、仕事がありますので」

「そうですか。今日は、あの子をわざわざお見舞いくださいまして、本当にありがとうございました」

「それでは」と言い、踵《きびす》を返しかけた。

「あのう」と母親が声を掛けてきた。

「何でしょう」

「義邦は乱暴な言葉遣いですし、いつも、あなたにご迷惑ばかりお掛けしているんじゃありませんか」

「いいえ、先輩として、親切にいろいろ教えていただいていますから、とても感謝しております」

「それでしたらいいんですけど。——実は、あの子には、四つ下に体の弱い弟がおりましてそのうえ、私まで若い頃から病弱でした。だから、父親が早くに亡くなったこともあって、私と弟の面倒を一生見るんだって、結婚もしないでずっと頑張ってくれているんですよ。増岡さん、どうか義邦をよろしくお願いします」

そう言うと、母親が深々と頭を下げた。

「そうだったんですか」

増岡ももう一度低頭し、その場を離れた。

三宅の日頃の姿や言葉遣いが、頭の中に甦《よみがえ》って来る。

着たきり雀の、皺《しわ》だらけの背広姿。

ふらふらしている学生に対する反感。

楽をしたり、いい思いをしたりしている人間たちへの、どうしようもない怒り。

三宅という先輩刑事は何もかも我慢して、母親と弟のために堪えて来たのだ。

階段の途中で、増岡の足が止まる。

涙が溢《あふ》れて、止まらなかったのである。

初美は、ホテルの控室で身支度に余念がなかった。

「お化粧は、こんな感じでいいかしら」

「ええ、とっても綺麗《きれい》よ」

傍らで、支度を手伝っている富田幸子が、鏡の中を見つめて言った。

「いよいよ、結納《ゆいのう》ね」

「本当に月日が経つのって、速いわね」

「ねえ、初美、あなたのお父さんのことなんだけど。うちの人じゃなく、兄さんの亮介のことよ」

「何、いまさら」

初美はかすかに苛立《いらだ》ちを覚えた。今西浩二が結婚の許しを得るために訪れた晩の、不快な思いが甦ったのである。むろん、実の父とは、もう和解しているものの、心のどこかに、わだかまりがかすかに残っていた。

「あの人、喜怒哀楽をほとんど表に出さないでしょう」

「ええ、そうね。それに、いつも仕事一筋よね」

「どうして、あんな性格になったのか、こんな日だからこそ、あなたに教えておくわね」

その言葉に、初美は幸子を振り返った。

「どういうことなの」

「兄さんと私の父親は、ひどい人だったのよ。年中、お酒に酔って、お母さんに手を上げていたわ。すると、子供だった兄さんが身を挺《てい》して母親を庇《かば》うの。当然、父は激《げっ》昂《こう》して、兄さんのことも激しく折檻《せっかん》したわ。娘だった私には、父もさすがに手を出さなかったけど。ともかく、そんな子供時代をずっと過ごしたから、兄さんは自分の感情をほとんど表に出さない人になってしまった。そして、警察官になってからは、ひたすら仕事に打ち込んでいた。自分の嫌な思い出や苦しさを忘れようとしていたんじゃないかしら。でもね、そんな冷え切った兄さんの心を温かく包み、人としての気持ちを甦らせてくれたのが、あなたのお母さん、朱美さんだったのよ——。朱美さんが亡くなって、兄さんはさらに仕事にのめり込んでしまったけど、あなたのことは心から愛してるのを感じるわ」

幸子の話は、初めて知る父の姿だった。驚きつつも、その過去に思いを馳せた初美は胸が熱くなった。

控室から出ると、ホテルのロビーに、紺色の背広姿の父親が立っていた。

「お父さん」

「ああ、一段と綺麗になったね」

彼が目を瞬《しばた》かせて、嬉《うれ》しそうに言った。

「まだ結婚式はずっと先だけど、お父さん、これまで育ててくれて、本当にありがとうございました」

初美は頭を下げた。

うなずく父親の目がふいに赤く潤むと、一筋の涙が頬を伝った。
その刹那《せつな》、初美は、幸子の養女になる前に父と交わした言葉を思い出した。
《だって、私がいなくなったら、お父さん、一人ぼっちになっちゃうじゃない》
《お父さんだったら、一人でも、大丈夫だよ。それに、寂しくなったら、初美に会いに行くから》
《ううん、そんな強がり言っても、私、絶対に信じない。お母さんが死んだとき、お父さんが泣いているのを、初めて見たんだもの。私がいなくなったら、また泣くんでしょう》
《いいや、お父さんはもう二度と泣かないよ。だから、安心して、幸子おばちゃんの子供になるんだ》
二度と涙を流さないと言った父が、いま涙を流している。
でも、これは幸せな涙なのね。
初美の目からも、一筋の涙が零《こぼ》れた。

註　ティツィアーノの技法については、以下の文献を参考とした。
『油彩画の技法』グザヴィエ・ド・ラングレ著　黒江光彦訳
美術出版社　一九六八年

本書は書き下ろしです。

時《じ》効《こう》犯《はん》

翔《しょう》田《だ》 寛《かん》

令和4年 6月25日　初版発行
令和6年 9月20日　再版発行

発行者●山下直久

発行●株式会社KADOKAWA
〒102-8177　東京都千代田区富士見2-13-3
電話　0570-002-301(ナビダイヤル)

角川文庫 23217

印刷所●株式会社KADOKAWA
製本所●株式会社KADOKAWA

表紙画●和田三造

●お問い合わせ
https://www.kadokawa.co.jp/（「お問い合わせ」へお進みください）
※内容によっては、お答えできない場合があります。
※サポートは日本国内のみとさせていただきます。
※Japanese text only

ISBN 978-4-04-112607-3　C0193

◆◇◇

角川文庫発刊に際して

角川源義

第二次世界大戦の敗北は、軍事力の敗北であった以上に、私たちの若い文化力の敗退であった。私たちの文化が戦争に対して如何に無力であり、単なるあだ花に過ぎなかったかを、私たちは身を以て体験し痛感した。西洋近代文化の摂取にとって、明治以後八十年の歳月は決して短かすぎたとは言えない。にもかかわらず、近代文化の伝統を確立し、自由な批判と柔軟な良識に富む文化層として自らを形成することに私たちは失敗して来た。そしてこれは、各層への文化の普及滲透を任務とする出版人の責任でもあった。

一九四五年以来、私たちは再び振出しに戻り、第一歩から踏み出すことを余儀なくされた。これは大きな不幸ではあるが、反面、これまでの混沌・未熟・歪曲の中にあった我が国の文化に秩序と確たる基礎を齎らすためには絶好の機会でもある。角川書店は、このような祖国の文化的危機にあたり、微力をも顧みず再建の礎石たるべき抱負と決意とをもって出発したが、ここに創立以来の念願を果すべく角川文庫を発刊する。これまで刊行されたあらゆる全集叢書文庫類の長所と短所とを検討し、古今東西の不朽の典籍を、良心的編集のもとに、廉価に、そして書架にふさわしい美本として、多くのひとびとに提供しようとする。しかし私たちは徒らに百科全書的な知識のジレッタントを作ることを目的とせず、あくまで祖国の文化に秩序と再建への道を示し、この文庫を角川書店の栄ある事業として、今後永久に継続発展せしめ、学芸と教養との殿堂として大成せんことを期したい。多くの読書子の愛情ある忠言と支持とによって、この希望と抱負とを完遂せしめられんことを願う。

一九四九年五月三日

角川文庫ベストセラー

冤罪犯　翔田　寛

幼女の遺体が休耕地で発見された。遺体の状態が酷似する7年前の女児連続誘拐殺人事件との関連が疑われるが、当時、犯人とされた男は無実を訴えたまま拘置支所で自殺していた。偶然の一致か、それとも——。

黙秘犯　翔田　寛

住宅街での大学生撲殺事件。目撃証言や指紋からすぐに前科のある男が浮上したが、彼が完全に口を噤む中、別の事件との奇妙な繋がりが次々と判明していく。男は一体何を隠しているのか。心震えるミステリ！

代償　伊岡　瞬

不幸な境遇のため、遠縁の達也と暮らすことになった圭輔。新たな友人・寿人に安らぎを得たものの、魔の手は容赦なく圭輔を追いつめた。長じて弁護士となった圭輔に、収監された達也から弁護依頼が舞い込む。

本性　伊岡　瞬

他人の家庭に入り込んでは攪乱し、強請った挙句に消える正体不明の女《サトウミサキ》。別の焼死事件を追っていた刑事の下に15年前の名刺が届き、刑事たちは過去を探り始め、ミサキに迫ってゆくが……。

鳥人計画　東野圭吾

日本ジャンプ界期待のホープが殺された。ほどなく犯人は彼のコーチであることが判明。一体、彼がどうして？　一見単純に見えた殺人事件の背後に隠された、驚くべき「計画」とは!?

角川文庫ベストセラー

さまよう刃　東野圭吾

長峰重樹の娘、絵摩の死体が荒川の下流で発見される。犯人を告げる一本の密告電話が長峰の元に入った。それを聞いた長峰は半信半疑のまま、娘の復讐に動き出す——。遺族の復讐と少年犯罪をテーマにした問題作。

使命と魂のリミット　東野圭吾

あの日なくしたものを取り戻すため、私は命を賭ける——。心臓外科医を目指す夕紀は、誰にも言えないある目的を胸に秘めていた。それを果たすべき日に、手術室を前代未聞の危機が襲う。大傑作長編サスペンス。

夜明けの街で　東野圭吾

不倫する奴なんてバカだと思っていた。でもどうしようもない時もある——。建設会社に勤める渡部は、派遣社員の秋葉と不倫の恋に墜ちる。しかし、秋葉は誰にも明かせない事情を抱えていた……。

ナミヤ雑貨店の奇蹟　東野圭吾

あらゆる悩み相談に乗る不思議な雑貨店。そこに集う、人生最大の岐路に立った人たち。過去と現在を超えて温かな手紙交換がはじまる……張り巡らされた伏線が奇蹟のように繋がり合う、心ふるわす物語。

ラプラスの魔女　東野圭吾

遠く離れた2つの温泉地で硫化水素中毒による死亡事故が起きた。調査に赴いた地球化学研究者・青江は、双方の現場で謎の娘を目撃する——。東野圭吾が小説の常識をくつがえして挑んだ、空想科学ミステリ！

角川文庫ベストセラー

超・殺人事件　東野圭吾

人気作家を悩ませる巨額の税金対策。思いつかない結末。褒めるところが見つからない書評の執筆……作家たちの俗すぎる悩みをブラックユーモアたっぷりに描いた切れ味抜群の8つの作品集。

魔力の胎動　東野圭吾

彼女には、物理現象を見事に言い当てる、不思議な"力"があった。彼女によって、悩める人たちが救われていく……東野圭吾が小説の常識を覆した衝撃のミステリ『ラプラスの魔女』につながる希望の物語。

悪党　薬丸　岳

元警官の探偵・佐伯は老夫婦から人捜しの依頼を受ける。息子を殺した男を捜し、彼を赦すべきかどうかの判断材料を見つけて欲しいという。佐伯は思い悩む。彼自身も姉を殺された犯罪被害者遺族だった……。

アノニマス・コール　薬丸　岳

3年前の事件が原因で警察を辞めた朝倉真志。娘の誘拐を告げる電話が、彼を過去へと引き戻す。誘拐犯の正体は？　過去の事件に隠された真実とは？　社会派ミステリの旗手による超弩級エンタテインメント！

ラストナイト　薬丸　岳

顔には豹柄の刺青がびっしりと彫られ、左手は義手。傷害事件を起こして服役して以来、32年の間刑務所を出たり入ったりの生活を送る男には、秘めた思いがあった――。心奪われる、入魂のミステリ。

角川文庫ベストセラー

孤狼《ころう》の血　柚月裕子

広島県内の所轄署に配属された新人の日岡はマル暴刑事・大上とコンビを組み金融会社社員失踪事件を追う。やがて複雑に絡み合う陰謀が明らかになっていき……男たちの生き様を克明に描いた、圧巻の警察小説。

最後の証人　柚月裕子

弁護士・佐方貞人がホテル刺殺事件を担当することに。被告人の有罪が濃厚だと思われたが、佐方は事件の裏に隠された真相を手繰り寄せていく。やがて7年前に起きたある交通事故との関連が明らかになり……。

検事の本懐　柚月裕子

連続放火事件に隠された真実を追究する「樹を見る」、東京地検特捜部を舞台にした「拳を握る」ほか、正義感あふれる執念の検事・佐方貞人が活躍する、司法ミステリ第2弾。第15回大藪春彦賞受賞作。

検事の死命　柚月裕子

電車内で痴漢を働いたとして会社員が現行犯逮捕された。容疑者は県内有数の資産家一族の婿だった。担当検事・佐方貞人に対し不起訴にするよう圧力がかかるが……。正義感あふれる男の執念を描いた、傑作ミステリー。

凶犬の眼　柚月裕子

マル暴刑事・大上章吾の血を受け継いだ日岡秀一。広島の県北の駐在所で牙を研ぐ日岡の前に現れた最後の任侠・国光寛郎の狙いとは？　日本最大の暴力団抗争に巻き込まれた日岡の運命は？　『孤狼の血』続編！